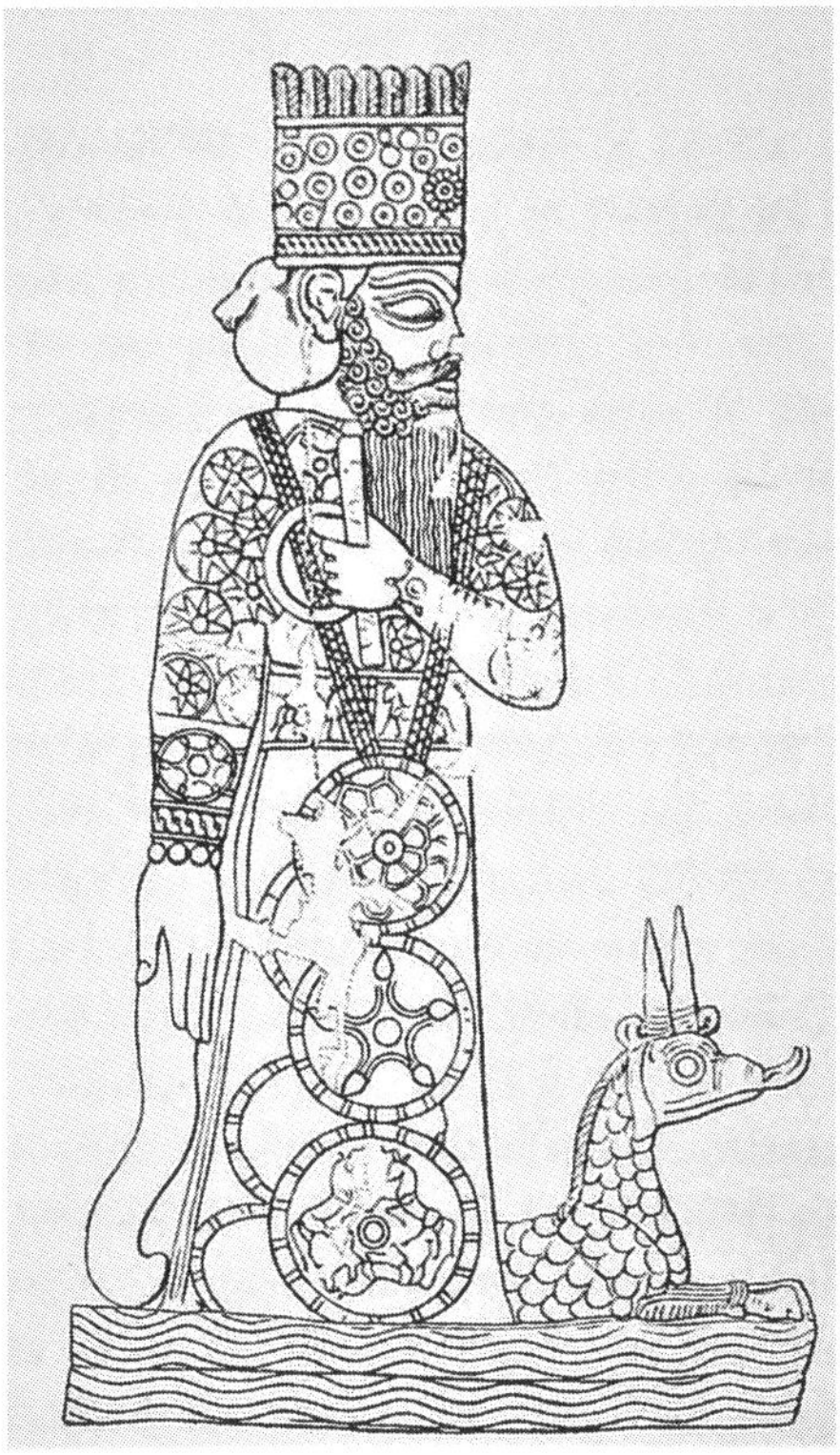

随獣ムシュフシュを従えて、海の上に立つバビロニアの主神マルドゥク。バビロニア王マルドゥク・ザキル・シュミI（前855-819年）の円筒印書図の描き起こし。
出典：EnWikipedia

釉薬煉瓦で描いたマルドゥク神の随獣ムシュフシュ。バビロンのイシュタル門を飾っていた。
出典：CommonsWikimedia

アンズーを攻撃するニヌルタ神。新アッシリア時代の浮彫の描き起こし。
出典：Wikipedia

第三書板47-77行
（バビロニア書体）
BM93017
出典：http://www.theaightyguru.com/Wiki/index.php?title=Enuma_Elish

アンズーを攻撃するニヌルタ神。新アッシリア時代の円筒印章図。
出典：http://diariodikumo.blogspot.com/2014/

龍を攻撃する神を描くアッシリア時代の円筒印章図。前8世紀。

水の神でもある知恵の神エアの前に首を縛られて引っ立てられる「鳥人間」。前2300年頃の円筒印章図。© The British Museum

女神に連れられて神エアの前で拝する彫刻師の長ギルス・キドゥ。前2100年頃の円筒印章図。© The British Museum

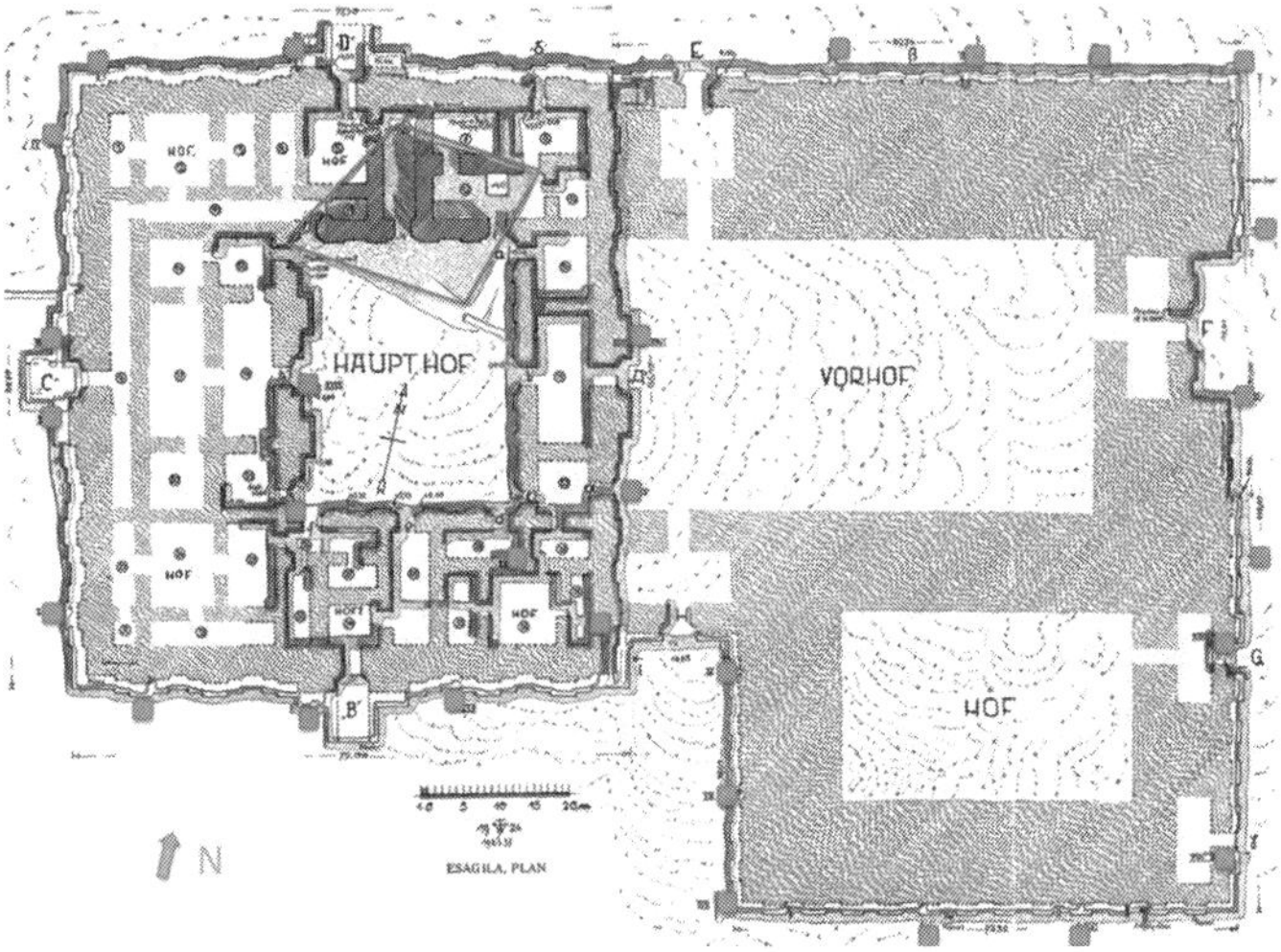

発掘調査に基づくエサギル神殿平面図。
出典：O. Pedersen, Babylon, the Great City, Münster: Zaphon, 2021, p. 149.

粘土書板を読む晩年の W・G・ランバート教授
出典：wilfred_george_lambert_ma_cantab_fba_19262011.pdf

『エヌマ・エリシュ』を最初に解読したジョージ・スミス。
出典：Wikipedia

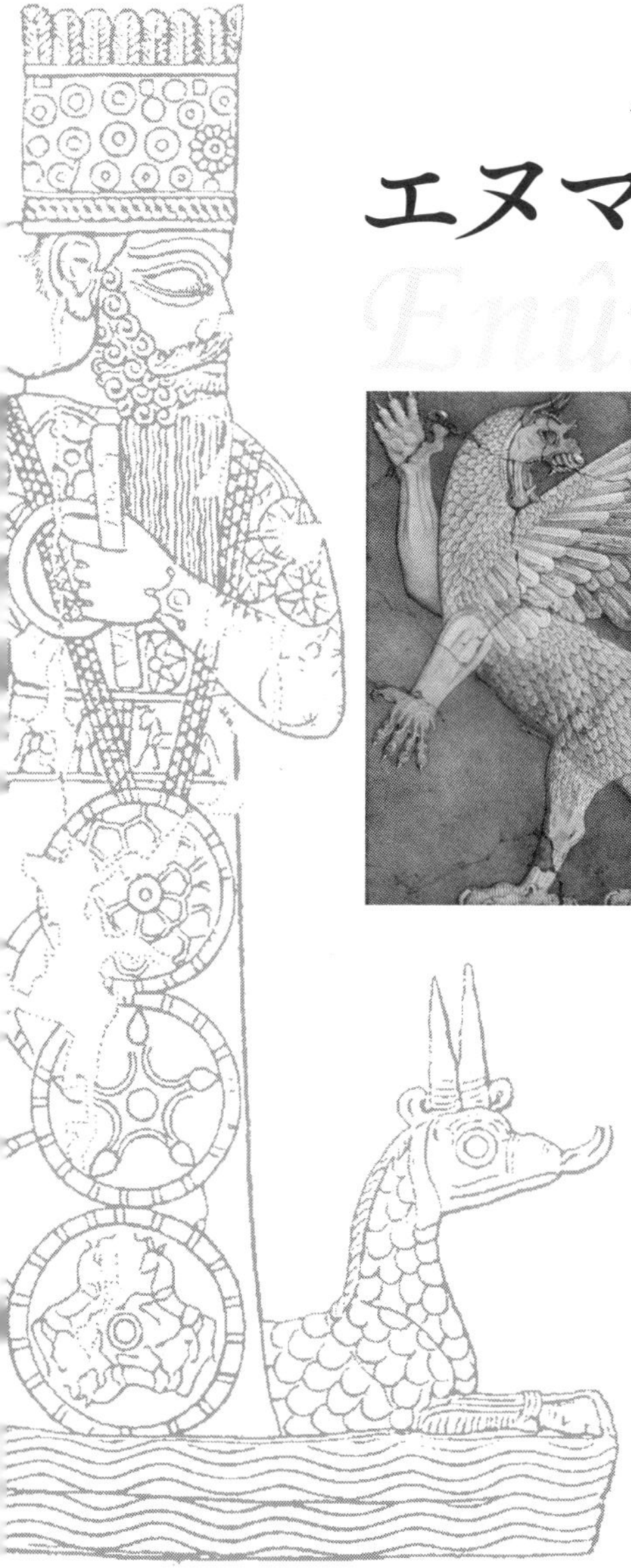

バビロニア創世叙事詩

エヌマ・エリシュ

訳・注解 月本昭男

Tsukimoto Akio

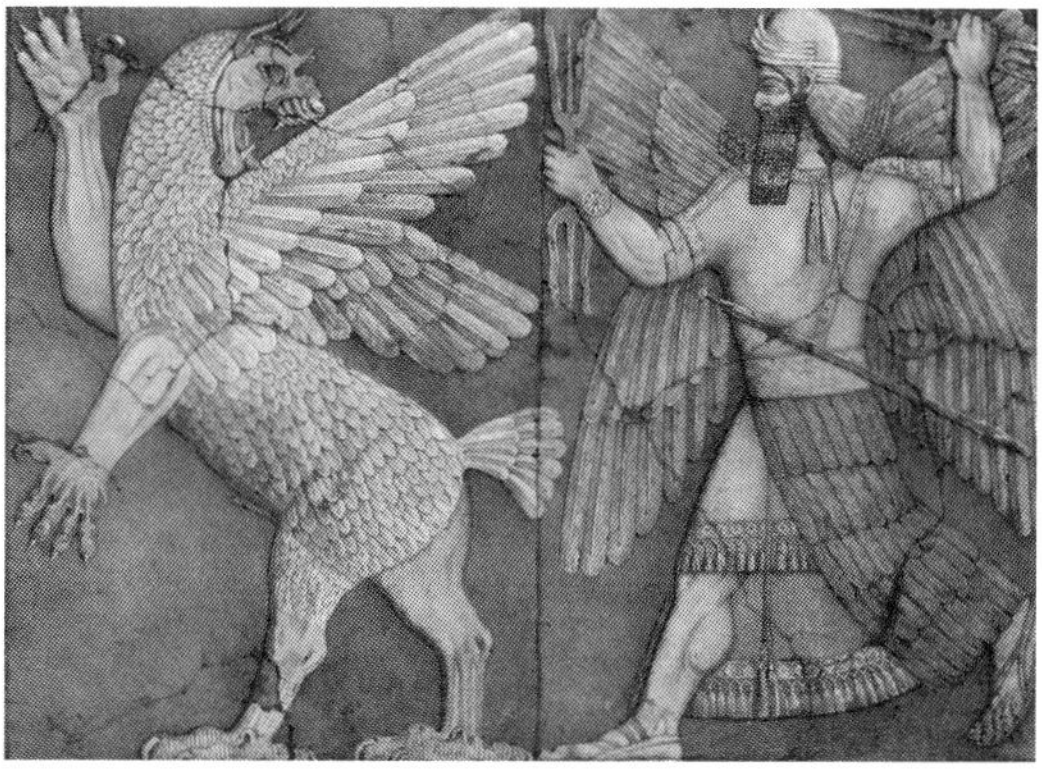

ぷねうま舎

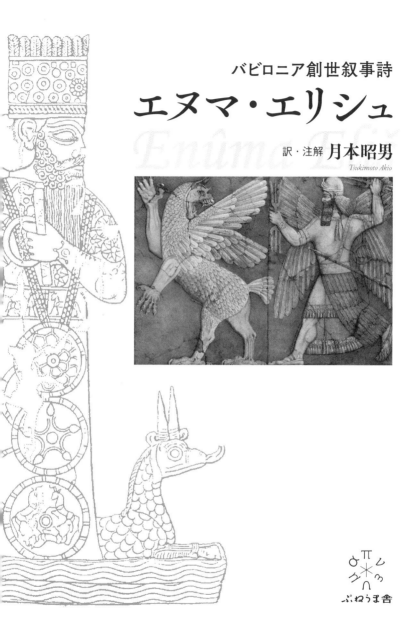

装丁＝矢部竜二 Bow Wow

目次

凡　例

一、『エヌマ・エリシュ』の原文は、前一千年紀前半のアッシリア文字および一千年紀後半のバビロニア文字で刻まれたアッカド語の粘土書板（多くは断片）である。前者は八六点を、後者は九五点を数える。本翻訳はそれらをふまえたランバートによる翻字（W. G. Lambert, *Babylonian Creation Myths*, Winona Lake: Eisenbrauns, 2013, pp. 45-134）を底本とする。必要に応じて、書板の手書きコピーを参照したことはいうまでもない。

二、翻訳文における［　］は、いまに知られる書板の欠損・破損部分を示す。したがって、［　］内の訳語は破損・欠損部分の補いであり、補いが不可能ないし不確実な場合は［……］と表記する。［　］のつかない……は、文字が部分的に残存するが、意味が確定できない箇所を表す。

三、原文はアッカド語であるが、語句にシュメル語に由来する表意文字が使われる場合も少なくない。注において、アッカド語のローマ字表記はイタリック体で、シュメル語および固有名詞はローマン体で記す。

四、注および解説で用いた主な参考文献の略記号は左記のとおり。

ABC = A. K. Grayson, *Assyrian and Babylonian Chronicles*, TCS V, Locust Valley, NY,1975.

AHw = W. von Soden, *Akkadisches Handwörtebuch*, Wiesbaden, 1965-1981.

ANET^{3} = J. B. Britchard, ed., *Ancient Near Eastern Texts Relating to the Old Testament*, 3rd ed., Princeton, 1969.

Atr.H = Atra (m) -Hasīs.

BCM = W. G. Lambert, *Babylonian Creation Myths*, Winona Lake: Eisenbrauns, 2013. 本書訳注における「ランバート」はこの書の翻訳を指す。

BM = B. R. Foster, *Before the Muses: An Anthology of Akkadian Literature*, Bethesda, Mary Land, 3rd ed., 2005. 本書訳注における「フォスター」はこの書の翻訳（pp. 436ff.）を指す。

BTT = A. R. George, *Babylonian Topographical Texts*, Louvain: Peeters Press, 1992.

CAD = Chicago Assyrian Dictionary, The University of Chicago, 1956-2010

CT = Cuneiform Texts from Babylonian Tablets in the British Museum, 1896ff.

GAG = Grundriss der akkadischen Grammatik, 3. Aufl., Roma, 1995.

KAR = E. Ebeling, hrsg., Keilschrifttexte aus Assur religiösen Inhalts, 1919/1923.

MCG = W. Horrowitz, *Mesopotamian Cosmic Geography*, Winona Lake: Eisenbrauns, 1998.

OrNS = Orientalia, Nova Series, Roma, 1932ff.

NABU = Nouvelles Assyriologiques Brèves et Utilitaires.

RA = Revue d'Assyriologie et d'Archéologie Orientale, Paris, 1884ff.

RIMB = The Royal Inscriptions of Mesopotamia, Babylonian Periods, University of Toronto Press.

RlA = Reallexkon der Assyriologie und Vorderasiatrischen Archäologie, Berlin: de Gruyter, 1932ff.

SAA = State Archives of Assyria, Helsinki, 1987ff.

STC = L. W. King, *The Seven Tablets of Creation I/II*, London, 1902.

STT = O. R. Gurney / J. J. Finkelstein, The Sultantepe Tablets *I/II*, London, 1957/1964.

Šurpu = E. Reiner, *Šurpu: A Collection of Sumerian and Akkadian Incantation*, Graz, 1958.

TUAT = Texte aus der Umwelt des Alten Testaments, Gütersloh, 1982ff.

UET = Ur Excavations, Texts, London, 1929ff.

UFBG = W. Mayer, *Untersuchungen zur Fromensprache der babylonischen Gebetsbeschwörungen*, Rome, 1976.

VAB = Vorderasiatische Bibliothek, Leipzig, 1907ff.

ZA = Zeitschrift für Assyriologie und verwandte Gebiete, Berlin.

『神話と儀礼』＝月本昭男『古代メソポタミアの神話と儀礼』岩波書店、二〇一〇年。

第一書板

内容

1‐20行。原初の配偶二神アプスーと神々の母ティアマトから、四代目のヌディンムド（＝エア）までの太古の神統譜。

21‐46行。子神たちの騒ぎを許容するティアマトに対し、それに憤慨したアプスーは侍臣ムンムの助言を受けて、ティアマトに子神への懲罰を提案するが、ティアマトはそれを拒絶する。

47‐54行。侍臣ムンムが子神たちを滅ぼすことを提案し、アプスーはそれに同意する。

55‐78行。アプスーとムンムの意図を知った子神のなかでも知恵に優れたエアが、父神アプスーに呪文をかけてこれを殺害し、ムンムを捕らえ、アプスーと名づけた神殿で配偶女神ダムキナとくつろぐ。

79‐109行。エアとダムキナの間にマルドゥクが生まれ、立派に育った。祖父に当たるアヌはこれを喜び、他の神々をはるかにしのぐ権能をマルドゥクに付与し、「四方の風」を授ける。マルドゥクはそれをもってティアマトを刺激する。

110‐126行。風の悪戯に苦しむ子神たちは、夫アプスーを殺害したエアとその仲間に対して復讐の戦いを挑むことをティアマトに迫り、ティアマトもそれに同意する。

126–146行。神々はティアマトのもとに結集して戦いの準備にとりかかり、ティアマトは十一種の「怪物」を造り出す。

147–162行。さらにティアマトは、神々の会議において、新たに夫となったキングーに戦闘の全権を委任し、これに「天命の書板」を渡し、キングーは神々の「天命」を定めた。こうして、ティアマト側の戦いの準備が整う。

上ではまだ天が名づけられず、
下では地が名を呼ばれなかったとき、[1]
初発《しょはつ》の方《かた》、彼らの父神、アプスーと[2]
彼ら[3]すべてを生む母神、ティアマトが[4]
互いの水を一つに混ぜ合わせたが、[5]
草原《くさはら》は結ばれず、葦原《あしはら》は探せなかった。
神々は、いまだ誰ひとりとして創《つく》られず、[6]
名も呼ばれず、天命も定められなかったとき、
ふたりの間で神々が形づくられた。

10 ラフムとラハム[7]が現れ、名を呼ばれた。
11 彼らが発育し、成長するあいだに、
12 アンシャルとキシャル[8]が形づくられ、彼らをしのいだ。

（1）天も地もまだ存在しなかったとき。存在するものはその名と切り離せないので、「呼ぶ」また「名づける」とは、あるものを存在あらしめること。

（2）「父神」と訳した zārû は「撒き広げる者」が原意。「父親」を意味する。アプスー（Apsû）は淡水を象徴する原初の男神。エリドゥにあった水の神エンキの神殿の名でもあり（76行参照）、メソポタミアの宇宙観では地下に横たわる深淵もしくは深淵の水（ギ abyssos →英 abyss）。

（3）「彼ら」は9行目の神々のこと。

（4）「母神」と訳した *mummu* は、宗教文書などで、しばしば創造神としてのエアの属性を表す添え名として用いられる。ここでは神々の「母」としてのティアマトの添え名。本欄30行以下に登場するアプスーの侍従ムンムとは別。ティアマト（Tiʾamat）は「海（*tiamtu*）」を神格化した原初の女神。

（5）海の塩水と地下の深淵（アプスー）から湧いた淡水が混ぜ合わさった。具体的には、ティグリス・ユーフラテス両河の河口で海水と淡水とが混じり合う状況が念頭におかれていよう。

（6）原意「出現させず」。

（7）ラフム（Laḫmu）はもともと神エンキ（＝エア）、後にマルドゥクと関わる守護精霊。長髪有髭の人物（英雄）として図像化される（*laḫmu*「毛深い」）。ラハム（Laḫamu, Laḫama とも）もエンキ（＝エア）と関連する。シュメル伝承では「アブズ（＝アプスー）のラハマ」と呼ばれ、神殿の守護精霊。ここでは、両者が太古の配偶二神とされる。

13 両者は日々を延ばし、年を加えた。
14 彼らの嫡子《ちゃくし》アヌは父祖たちに匹敵《ひってき》し、
15 長子アヌはアンシャルと同等になった。(1)
16 アヌは自分と同等のヌディンムド(2)をもうけた。
17 ヌディンムド、彼こそは父祖たちを治める者、
18 知恵は広く、賢明にして、力において逞《たくま》しい。
19 彼の父をもうけたアンシャルよりはるかにすぐれ、
20 彼の同胞、神々のなかに肩を並べうる者はいない。

21 兄弟たちである神々は結束して、
22 ティアマトを苛立たせ、彼らは大騒ぎした。(3)
23 彼らはティアマトの気持ちを逆《さか》なでし、
24 乱舞して脅《おびや》かした、アンドゥルナ(4)のさなかで。
25 アプスーは彼らのわめきを鎮《しず》めることなく、(5)

26 彼らの前にティアマトは黙りこくっていた。
27 彼女には彼らの行為が不愉快であった。
28 彼らの行動はよくないが、彼女は彼らを許そうとした。
29 ときに、アプスー、偉大な神々の生みの親は、[6]
30 彼の侍臣《じしん》ムンム[7]を呼び寄せ、彼に語った。

（8）アンシャル（Anšar）とキシャル（Kišar）も太古の配偶二神。前者は「天（an）」を、後者は「地（ki）」を表す。アンシャルは第二書板8行以下で、エアの父神として重要な役割を果たす。アッシリアでは主神アッシュルと同一視される。

（1）別訳「アンシャルは彼の長子アヌを（自分と）同等の者とした」。
（2）ヌディンムド（Nudimmud）は知恵の神エアの別名。
（3）字義どおりには「彼らの騒ぎはかまびすしかった」。
（4）アンドゥルナ（an.dúru.na「後（?·）の天」）はティアマトの住まいのことか。別資料では「冥界」と結びつく（*BCM*, p. 470）。
（5）父親であるアプスーは子神たちの騒ぎを直接は咎めなかった。
（6）本書板3行「父神」に同じ。その注（2）を参照。
（7）このムンムは本書板4行のムンム（4行「母神」の注（4）を参照）と結びつき、後のギリシア作家ダマスキオス（Damaskios, 五—六世紀）は、モウミン（Mōumín < Mummu）をタウテ（Tauthé < Tiamat）とアパソン（Apasṓn < Apsû）の長子と伝えるという（RlA Bd. 8, 416a-b による）。

31 「侍臣ムンム、わが気持ちを楽にしてくれる者よ、
32 さあ、ティアマトのところに行こうではないか」。
33 彼らはティアマト[1]の前にまかり出て、そこに座し、
34 彼らの息子たちの事態について、相談した。
35 アプスーは口を開いて、
36 ティアマトに声高《こわだか》[2]に語った。
37 「彼らの行動は私には不愉快である。
38 昼には休めないし、夜には眠れない。
39 私は彼らの行動を終わらせ、蹴散《けち》らそうと思う。
40 そうすれば、静けさが戻り[3]、われらは眠れよう[4]」。
41 ティアマトはこれを聞くや、
42 怒って、つれあい（＝アプスー）に向かって叫んだ。
43 彼女はいきり立って、いたく叫んだ。
44 彼女の気に障《さわ》ることを、彼が投げつけたからだ[5]。

45 「どうして、われらが創《つく》った者たちを滅ぼせようか。
46 彼らの行動は不愉快でも、われらは厚意をもって耐え忍ぼう」。
47 ムンムはそれに応答して、アプスーに助言した。
48 ムンムの助言は、同意しない侍臣（のそれ）であった。
49 「滅ぼしなさい、父よ、彼らの苛立たしい行動を、
50 昼には休めるように、夜には眠れるように(6)」。
51 アプスーは彼の助言に(7)嬉しくなり、顔は輝いた、
52 彼が自分の子らに対して企てた邪悪な計画(8)のゆえに。

（1）ここではティアマトはターマトないしターワトと綴られる。本行末の「座し」は異本では「休息し」。
（2）「声高に」は推定訳（*elletam* < *elû?*）。
（3）原意「おかれ」。
（4）異本「[ひ]ろく休息がとれる」。
（5）別訳「彼女は悪いことを、自分の気持ちのなかに収めた」。「彼女は（画策された）悪を悲しんだ」（ランバート）は原文から離れすぎている。
（6）異本「休息がとれ［るように］」。
（7）「の助言」は翻訳上の補い。
（8）原文「邪悪なことども」。子神たちを抹殺するムンムの企て。

53 ムンムはアプスーの[1]首を抱き、

54 彼の膝元に座して、彼に接吻した。[2]

55 彼らが一緒に企てたことは、[3]

56 彼らの息子たちである神々に伝えられた。

57 神々はそれを聞いて、慌《あわ》てふためいた。

58 沈黙が彼らを捕らえ、[4]彼らは座して黙り込んだ。

59 知恵に優れ、熟達《じゅくたつ》し、才長《さいた》けた者、

60 あらゆることに通暁《つうぎょう》するエアが、彼らの計略を察知した。

61 彼はこれを造り出し、すべての計画としてこれを打ち立て、

62 優れものとしてこれを、（すなわち）彼の純粋な呪文を、仕上げた。

63 彼はこれをアプスーに向かって唱え、[5]水をもって休ませた。[6]

64 彼は眠りをアプスーに[7]注ぐと、彼はぐっすり眠った。

65 彼はアプスーを眠らせた、眠りが注がれて。

66 助言者ムンムのほうは不眠のまま息をひそめた。
67 エアはアプスーに対する呪術《じゅじゅつ》(8)を解き、(9) 彼の冠《かんむり》を取り去った。
68 彼の威光《いこう》(10)を奪い取り、彼自身が纏《まと》った。
69 彼はアプスーを縛り上げて、殺害した。(11)
70 ムンムを縛りつけて、閉じ込めた。

---

(1) 原文「彼の」。
(2) フォスター「彼（＝アプスー）はムンムを、その首周りを抱いて、その膝元に座し、彼（＝ムンム）に接吻した」。
(3) アプスーとムンムが子神たちを滅ぼそうとしたこと。
(4)「彼らを」は補い、異本「沈黙がおかれ」。
(5)「これを」は補い、「アプスーに向かって」の原文は「彼に向かって」。異本「これを唱え」。
(6) 呪文を「休ませた」ということか。アプスーを静かにさせた、とも解しうる。
(7) 原文「彼に」。
(8) 原文「彼は彼に対する」。
(9)「呪術」と訳したリクス（*riksu*）の原意は「縛りつけること」。ランバート「彼の筋を切り裂いた」。
(10) 原語メランム（*melammū*）はシュメル語 me.lám の借用語。神の恐るべき輝きを表す。
(11) 太古の神々の間に起こる「父親殺し」という神話モティーフは、アッカド語神話『ドゥンヌの神統譜』に残されている（『神話と儀礼』二二頁）。ギリシア神話ではゼウスによるクロノス殺害がよく知られる（ヘシオドス『神統譜』）。

71 エアはアプスーの上に住まいを据えた。[1]
72 彼はムンムを捕らえ、鼻綱《はなづな》[2]で制御した。
73 彼の敵どもを縛り上げて、討ち果たした後、
74 エアは敵対者たちに対する勝利を打ち立て、
75 自分の聖室《せいしつ》[3]のなかで静かに休息をとり、
76 これをアプスー、人々は社殿を知る、[4]と名づけた。
77 彼はそこに自分の御社《おやしろ》[5]の基礎を据え、
78 エアと配偶者ダムキナはゆったりと腰を据えた。

79 天命の聖所《せいじょ》[6]、構想の内陣《ないじん》[7]において、
80 最高の大能者《たいのうしゃ》、神々の知者、ベール[8]が身籠《みご》もられ、
81 アプスーのただなかで、マルドゥクが創《つく》られた。
82 聖なるアプスーにて、マルドゥク創られた。
83 彼を創ったのはエア、彼の父、

84 彼と産後の床にあったのは彼の母ダムキナ。
85 彼は女神たちの乳房を吸った。

（1）エアを主神とする都市エリドゥはアプスーの上に造られたと伝えられる（『エリドゥ創造譚』）。アプスーはエアの神殿名でもあった。

（2）「鼻綱（*ṣerretu*）」はもともと牛などを繋いでおく綱。それが敵に対する支配の象徴とされた。

（3）本文書には神殿ないし神殿の一部を表す単語が数多く用いられるが、それらを厳密に見定めることはむずかしい。「聖室（*kummu*）」は神殿奥の聖なる部屋。第五書板124行、第六書板52行などにも。

（4）「人々は社殿を知る」とはエアの神殿名アプスーの民間語源による説明（Durand, NABU 1994/100）。アプスー（Apsû）はシュメル語表記でabzu（zu.ab）と記され、zuはアッカド語で*wedû*「知る」に対応し、ab=éš は「社殿／聖殿（*ešertu*）」を意味しうる。ここでは複数形（第五書板84行参照）。

（5）「御社」と訳した原語ギパル（*gipāru* < gi_6.pàr）は、元来、神殿内におかれた大祭司などの住まい。

（6）「天命（*šīmātu, šīmtu* の複数）」は神々による世界の定め。「天命の聖所（*kiṣṣi šīmāti*）」とは神々が年ごとに世界のなりゆきを定める場所。ふつうは *parak šīmāti*「天命の聖殿」と呼ばれ、シュメル語表記 du_6.kù「聖なる丘」がそれにあたる。バビロンのエ・サギル神殿に「天命の聖殿」が設けられ、新年祭にそこで一年の「天命」が定められた。その「天命」を記した書板を「天命の書板」と呼ぶ（本書板157行）。

（7）「構想（*uṣurātu, uṣurtu* の複数）」は「計画、企画」（61行）。ここでは「天命」と同義。「内陣」も「聖殿」の言い換え。

（8）「ベール（Bēl）」はマルドゥクの別称。意味は「主」。Be-lum とも表記される。

86 乳母たちが彼を育て上げ、脅威《きょうい》で満たした。
87 彼の姿は荘厳《そうごん》、眼を上げれば輝いて。
88 彼の出自《しゅつじ》は男らしく、はじめから力強い。
89 彼の父親を創ったアヌ[1]は彼を見て、
90 喜び、輝き、心は嬉しさに満ちた。
91 アヌは彼を[2]特別とし、その神性は破格《はかく》となった。
92 彼はまことに崇高《すうこう》、その特性は他をしのぐ[3]。
93 彼の四肢は理解を超えた優れもの、
94 思慮《しりょ》を超え、見通すこともむずかしい。
95 彼の眼は四つあり、彼の耳も四つある[4]。
96 彼が唇を動かせば、火炎[5]が燃え上がる。
97 両耳は四倍に成長し[6]、
98 両眼も同様にすべてを見据える。
99 彼は神々の間で最も気高く、その肢体は抜きん出る。

100 その体軀《たいく》は雄大にして、生まれた姿も抜きん出る。
101 「マリ・ウトゥ、マリ・ウトゥ[7]、
102 わが子よ、太陽よ、[8]神々の太陽よ」。
103 彼は十柱の神々の威光[9]を纏《まと》い、頭を覆《おお》った[10]。

（1）アヌはマルドゥクの祖父。本書板16行参照。
（2）原文「彼は彼を」。
（3）原文「彼のものは彼ら（=ほかの神々）にまさる」。
（4）すべてを見通し、すべてを聞きつける。
（5）「火炎」は火の神ギラ ^{d}Giš.bar（=Gira）をもって表現。
（6）ハシーサ「両耳」（*hasisā, hasisu* の双数形）」は「英知」などとも。「耳が成長する」とは「英知の増進」。なお、95行の「耳」はウズナ（*uznā, uznu* の双数形）。いずれも「英知、知恵、賢明」を表すが、とくに前者は「英知」という意味で用いることのほうが多い（『アトラム・ハシース』「最高の英知」）。
（7）「わが子、ウトゥ」の意。わが子はマリ（*mārī*）、ウトゥ（*ú-tu*）は太陽神シャマシュのシュメル語（^{d}Utu）の音写。それによってマルドゥク（Marduk）という名を説明する。マルドゥクは ^{d}Amar.utu と表記されることが多い。マルドゥクという名に関しては、W. Sommerfeld, *Der Aufstieg Marduks*, AOAT 213 (1982), S. 7ff. に詳しい。
（8）太陽はシュメル語でウトゥ（utu）、アッカド語でシャムシュ（*šamšu*）、太陽神はシャマシュ（^{d}Šamaš）
（9）メランム「威光」については、本書板68行の注（10）を参照。
（10）動詞 *etpur* を *apāru*（「頭を覆う」）Gt. St.（=*atpur*）と理解。

104 五十の脅威《きょうい》[1]が彼の上に積み重なった。
105 アヌは四方の風[2]を創って、生じさせ、
106 彼の手に渡した、「わが子よ、遊ばせるがよい[3]」と。
107 彼は塵《ちり》をつくり、嵐にそれを舞い上がらせ、
108 大波[4]を生じさせた、ティアマトを逆なでするために。
109 ティアマトは逆なでされて、昼も夜も慌《あわ》てふためいた。

110 神々は休息できず、風によって苦しめられた[5]。
111 彼らはその心に悪いことを企てて、
112 彼らの母であるティアマトに語った、
113 「エアがあなたの夫アプスーを殺害したとき[6]、
114 あなたは夫の側《がわ》[7]に赴《おもむ》かずに、黙って座していました。
115 彼は恐るべき四方の風を創ったのです[8]、
116 あなたの気持ちを逆なですべく。私たちは眠れません。

117 あなたはおつれあいアプスーを心に留《と》めませんでした、(9)
118 囚《とら》われのムンムをも。あなたはひとり座すばかりですが、
119 これから、あなたは逆なでされて慌てふためきましょう。
120 静かにできない私たちを、あなたは愛してくださらない。
121 私たちの重荷(10)をご覧ください、私たちの眼は乾ききっています。(11)
122 動かせない頸木《くびき》(12)を砕いてください、私たちが眠れるように。
123 戦いを挑んでください、彼らに報復してください。

---

(1) マルドゥクには後に五十の名号が賦与される(第六書板123行以下)。
(2) 南・北・東・西の風。第四書板42–43行参照。
(3) 別訳「旋回させるがよい」(↓風が遊ぶ)。
(4) *a-ga-(a)-am-ma. agammu*(AHw 15a)でなく、*agû* II と解する(CAD A I 158a)。
(5) 字義どおりには「風によって彼らは負おう」。「風によって」は「風」の副詞形(*šārīš / šārišam / šāriša*)。
(6) 本書板69行参照。「エアが」の原文「彼が」。
(7) 原文「彼の」。
(8) 「四方の風」を創ったのはアヌ(105行)。
(9) 字義どおりには「あなたのつれあいアプスーは、あなたの心に存在しなかった」。
(10) 「重荷」と訳した *sarmâ'u* の正確な意味は不明。
(11) 「眼が乾く」とは「疲れ果てる」という意味か。
(12) 別訳「休まらない頸木」(AHw 1011b)。

124 彼らの［……］を果たし、無に(1)帰さしめてください」。
125 ティアマトはこれを聞き、彼女にその言葉は心地よかった。
126 「お前たちが忠告してくれたことは、今にも実行しようではないか」。
127 神々は彼女のもとに［集］まって、
128 彼らを創《つく》った神々に対して［悪《あ》］しきことを相談し合った。(2)
129 彼らは［陣］営を固めて、(3)ティアマトの側に立った。
130 彼らはいきり立って、夜も真昼も休みなしに企てを練り、
131 合戦を掲げ、荒々しく、怒りに燃え、
132 戦闘を遂行するために、会議(4)を開いた。
133 母なるフブル、(5)万物を形づくった方、
134 彼女は誰も抗《あらが》えない武器を増し加え、大蛇《おろち》(6)を生み出した。
135 その牙《きば》は鋭く、その切歯《せっし》(7)は容赦もない。
136 彼女は毒を血のように、それらの身体に充満させた。
137 恐るべき大毒蛇《おおどくじゃ》(8)に戦慄《せんりつ》をまとわせ、

138 威光《いこう》を負わせ、神々に匹敵《ひってき》するものとさせ（て言っ）た、(9)
139 「彼らを見つめるものは、無力にされて、くず折れるように。(10)
140 彼らの身体が破砕《はさい》されるように、退散できないまま(11)」と。

（1）「無」と訳したザキークは「気息、霊」を意味し、夢の神の名前ともなった。

（2）原意「摑ませ合った」。

（3）以下、第一書板の最終162行までは第二書板15–48行、第三書板19–52行、77–110行に反復される。動詞は［*im-ma*］*-as*/*aṣ-ru-nim-ma*. ランバートは意味不明とするが、AHw も CAD も *maṣāru* N とみる。AHw 620a "kompakt werden?"（→ Foster: "to close ranks"）. CAD M I 329b-320a: "to form a circle."

（4）アッカド語 *ukkinnu*（= *unkennu*）は神々の会議を表すシュメル語 ukkin からの借用語。ほかに第二書板18行、第三書板22、80行、第六書板165行など。アッカド語で「会議／集会」は *puḫru* がふつう。

（5）フブル（Ḫubur）はティアマトの別名。宇宙論的には、冥界の川の名。

（6）ムシュマッフー（*mušmaḫḫū*）、複数形。シュメル語「巨大な（maḫ）蛇（muš）」に由来する神話的存在。

（7）原語 *atta'u* 正確な意味は不明。「切歯」は「牙」に合わせた推定。

（8）ウシュムガルー（*ušumgallū*）、複数形。シュメル語「大きな（gal）毒蛇（ušum）」に由来する神話的存在。

（9）続く2行はフブル＝ティアマトの発言。

（10）動詞は *naḫarmumu* のN語幹。これをŠ語幹で伝える異本あり。また、ニネヴェ出土の注解は *liš-ḫar-mit*（「溶け出すように」。*naḫarmuṭu* Š語幹）とこれを説明。

（11）「退散できない」を字義どおりに訳せば、「彼らの胸を翻さない」。

141 彼女は立ち上がらせた、毒蛇、ムシュフシュ、ラハムを、[1]
142 大獅子《おおじし》、狂犬《きょうけん》、蠍人間《さそりにんげん》[2]を、
143 潰滅《かいめつ》の嵐《あらし》、魚人間、野牛人間を、[3]
144 容赦なき武器を装備する者たち、[4]戦いを怖《おそ》れぬ者たちを。
145 彼女の指示は圧倒的、それに抗いえない。
146 このようにして、彼女はこれら十一種の怪物[5]を生み出した。
147 彼女のもとで会議を催した神々、彼女の息子たちのなかで、
148 キングーを彼女は高め、彼らの間で彼を最も偉大にした。
149 軍隊の指揮、[6]会議の主宰、
150 武器の装備、戦闘開始、[7]戦闘鼓舞、
151 合戦命令、軍事の大権、
152 これらを彼女は彼の手に委《ゆだ》ね、彼を玉座《ぎょくざ》[8]に就《つ》かせ（て言っ）た。
153 「私はそなたに呪文を与え、神々の集会でそなたを偉大にした。
154 神々すべての指揮権を、そなたの手に授けた。[9]

155 じつに、そなたは偉大になった、わが夫よ、そなたは高められて。
156 そなたの発言は、すべてのアヌンナキ(10)の神々にまさるように」。

（1）*bašmu*「毒蛇」はウシュムガルー「大毒蛇」に同じか。ムシュフシュ（*mušḫuššu*）はシュメル語 muš.ḫuš（「凶暴な蛇」の意）に由来する神話的存在。マルドゥクの侍獣となる（第五書板98行参照）。ラハム（Lahamu）は本書板10行に言及される太古の神ではなく、冥界と関係する怪物ラフム（Laḫmu）。次行以下に言及されるものも含め、物語においてマルドゥクに制圧されるこれらの怪物は、守護像としてマルドゥク神殿の門などにおかれた。

（2）いずれも恐ろしい精霊の名。「大獅子」は *ugallu*,「狂犬」は *uridimmu*.「蠍人間」は *girtablilu*. いずれもシュメル語をふまえたアッカド語名。

（3）いずれも精霊の名。「潰滅の嵐」は *ūmē dabarūte*,「魚人間」は *kulullu*.「野牛人間」は *kusarikku*.「魚人間」もシュメル語をふまえたアッカド語名。

（4）字義どおりには「武器を担ぐ者たち」。150行も参照。

（5）134行「大蛇」、137行「大毒蛇」に、141-143行の九種。「の怪物」は翻訳上の補い。シュメル・アッカド両語の神話作品『ニヌルタのニップル帰還』（51-62行）によれば、これとは異なる十一の怪物がニヌルタの戦車に取り付けられていた（J. S. Cooper, *The Return of Nippur*, AnOr 52, Rome, 1978, pp. 62-64）。

（6）字義どおりには「軍隊の顔の前を行くこと」。

（7）字義どおりには「つかむこと」。「武器」が省略されている（*BCM*, p. 472）

（8）正確には「玉座の支え」。

（9）字義どおりには「満たした」。これに対抗する「指揮権（*malikūtu*）」はマルドゥクに付与される（第四書板2行）。

（10）アヌンナキ（Anunnaki. アヌンナクとも）は神々の総称。ここではアヌッカ（Anukka）と表記。第二書板121行の注（5）を参照。

157 ティアマトはキングーに[1]天命の書板を与え、彼の胸に結ばせた。
158 「御身《おんみ》、御身の発言は変更されることなく、御身の命令は固くあれ」と（言って）。
159 いまや、キングーは高められ、主権を手に入れた。
160 彼は、彼の子である神々[2]の天命を定め（て言っ）た。
161 「お前たちの口の業[3]が火を鎮《しず》めるように、
162 お前たち[4]の蓄えた毒が、強者《つわもの》[5]らを屈服させるように」と。

（1）原文「彼女は彼に」。
（2）キングーがティアマトの妻とされたので、神々は「彼の子ら」といわれる。ただし、第二書板46行、第三書板50行、108行では「彼女の子ら」。
（3）「口の業」とは「言葉」の別表現。「言葉」はふつう *amâtu* だが、本作品には「口の業」と表現する箇所が多い（第二書板47、160行、第三書板51、57、115行ほか）。次の「火」は原文ギッラ（$^{d}Gibil_{6}$= $^{d}Gira$）「火の神」と表記。
（4）原文「お前の」（単数）はおそらく誤記。
（5）原文「秀でた強さ」。

第二書板

内容

1-48行。ティアマトがキングーを主権者に立て、アプスーを殺害したエアとその仲間に対する戦闘を準備していることを知ったエアは、その企てをアンシャルに詳しく報告する。その報告の大半、15-48行は、第一書板129-162行の繰り返し。

49-94行。それを聞いたアンシャルは憤慨して、エアによるアプスー殺害をなじるが、エアの言葉に宥められ、ティアマトの怒りを鎮めることをエアに命ずる。だが、出陣したエアはティアマトに恐れをなして引き返し、ティアマトの恐ろしさを述べ、別の者を遣わすことを提案する。

95-118行。そこでアンシャルは息子のアヌ（エアの父）を促し、ティアマトのもとに遣わすが、アヌもまた恐れをなして引き返し、エアと同じ言葉をもって、ティアマトの恐ろしさを述べ、別の者を遣わすことを提案する。

119-134行。アンシャルはなすすべもなく、神々もみな押し黙ってしまう（119-126行）。そこでエアは息子マルドゥクを呼び出し、アンシャルの前にまかり出るように促す。

135-152行。マルドゥクはアンシャルの前に出て、自分がティアマトに戦いを挑むことを告げる（135–148行）。アンシャルがマルドゥクを激励すると、マルドゥクは、勝利の暁には、神々の集会で、アンシャルに代わる最高の地位と権限を自分に与えてほしい、と要請する。

1 ティアマトは、彼女の被造者《ひぞうしゃ》[1]らを結集《けっしゅう》させ、
2 彼女の[2]末裔《まつえい》である神々に対する戦いに備えた。
3 将来に向け、アプスーにもまして、[3]ティアマトは悪を企《たくら》んだ。[4]
4 彼女が戦闘を準備したことが、エアに伝えられた。[5]
5 エアはこの事態を聞いて、
6 聖室《せいしつ》[6]で静まり返り、黙って座した。
7 彼が思案を巡らせ、怒りが収まると、
8 父親、[7]アンシャルのところに向かった。
9 彼は彼の生みの父、アンシャルの前にまかり出て、
10 ティアマトが企てたことを、彼に報告した。
11 「父よ、私たちの母、ティアマトは私たちを毛嫌《けぎら》いし、

12 集会を催して、猛《たけ》り狂《くる》って怒りに燃えています。
13 神々はみな、彼女の周りに集まり、
14 あなたがたが創られた者たちまで、彼女の側《がわ》につきました。
15 彼らは陣営を固めて、ティアマトの側に立ちました[8]。
16 彼らはいきり立って、夜も真昼も休みなしに企てを練り、
17 合戦を掲げ、荒々しく、怒りに燃え、

（1）第一書板134行以下の怪物を指す。異本「彼の形づくったもの」。

（2）異本「彼の」。

（3）アプスーが子神らを滅ぼそうとしたこと以上に、ということか（第一書板37行以下）。別訳「アプスーのゆえに」（→アプスー殺害に復讐するために）、もしくは「アプスーに」（→アプスー神殿を構えたエアに対して）。

（4）第一書板128行を参照。

（5）原文の主語は「彼ら」で不特定多数なので、受動態として訳出。なお、異本に「彼は」とあるが、その場合の「彼」は特定できない。

（6）第一書板75行の注（3）を参照。

（7）系譜上、アンシャルはエアの祖父（第一書板12-20行を参照）。

（8）以下、48行まで、第一書板129-162行に同じ。注も第一書板129行以下を参照。両者間の表記法の相違などは逐一注記しない。

18 戦闘を遂行するために、会議を開きました。
19 母なるフブル、万物の創り主、
20 彼女は誰も抗《あらが》えない武器を増し加え、大蛇《おろち》を生み出しました。
21 その牙は鋭く、その切歯《せっし》は容赦もありません。
22 彼女は毒を血のように、それらの身体に充満させました。
23 恐るべき大毒蛇《おおどくじゃ》に戦慄《せんりつ》をまとわせ、
24 威光《いこう》を負わせ、神々に匹敵《ひってき》するものとさせ（て言い）ました、
25 『彼らを見つめるものは、無力にされて、くず折れるように、
26 彼らの身体が破砕《はさい》されるように、退散できないまま』と。
27 彼女は立ち上がらせました、毒蛇、ムシュフシュ[1]、ラハムを、
28 大獅子《おおじし》、狂犬《きょうけん》、蠍人間《さそりにんげん》を、
29 潰滅《かいめつ》の嵐《あらし》、魚人間、野牛人間を、
30 容赦なき武器を装備する者たち、戦いを怖《おそ》れぬ者たちを。
31 彼女の指示は圧倒的、それに抗うことはできません。

このようにして、彼女はこれら十一種の怪物を生み出しました。
彼女のもとで会議を催した神々、彼女の息子たちのなかで、
キングーを彼女は高め、彼らの間で彼を最も偉大にしました。
軍隊の指揮、会議の主宰、
武器の装備、戦闘開始、戦闘鼓舞、
合戦命令、軍事の大権、
これらを彼女は彼の手に委《ゆだ》ね、彼を玉座《ぎょくざ》に就《つ》かせ（て言い）ました、
『私はそなたに呪文を与え、神々の集会でそなたを偉大にした。
神々すべての指揮権を、そなたの手に授けた。
じつに、そなたは偉大になった、わが夫よ、そなたは高められて。
そなたの発言は、すべてのアヌンナキ[2]の神々にまさるように』。

（1）神格決定詞が付される本文と付されない本文とがある。

（2）ここではエヌッカ（enukka）と表記。本書板121行の注（5）を参照。

43 ティアマトはキングーに天命の書板を与え、彼の胸に結ばせました、
44 『御身《おんみ》、御身の発言は変更されることなく、御身の命令は固くあれ』と（言って）。
45 いまや、キングーは高められ、主権を手に入れました。
46 彼は、彼女の子である[1]神々の天命を定め（て言い）ました、
47 『お前たちの口の業《わざ》が火を鎮《しず》めるように、
48 お前たちの蓄えた毒が、強者《つわもの》らを屈服させるように』と」。

49 アンシャルはこれを聞き、事態がひどく混乱している（と知り）、
50 ウァー、と叫んで、唇を嚙んだ。
51 彼の気持ちは怒りに満ち、思いは穏やかではなかった、
52 彼の長子、エアに向かう叫びは消え入るかのように。
53 「わが子よ、お前が闘いをけしかけたのだね。
54 お前のほうでしでかしたことは、お前が負わねばならぬ。
55 お前が出かけて、アプスーを殺害したのだね。

お前が怒らせたティアマト、彼女に立ち向かえる者はどこにいよう」。
機略《きりゃく》の匠《たくみ》(2)、洞察《どうさつ》の君《きみ》、
知恵袋(3)、ヌディンムド(4)の神は、
宥《なだ》める言葉、和《なご》ませる発言をもって、
父親、アンシャルに優しく応えた。
「父よ、はかり知れない心で(5)天命を定められる方よ、
存在せしめ、消失せしめることのできる方よ、
はかり知れない心で天命を定められる方よ、
存在せしめ、消失せしめることのできる方よ、
私が御身に話す言葉で(6)、すぐにも和《なご》まれよ。

(1) 第一書板160行の注（2）を参照。
(2) 字義どおりには「助言を摑む者」。ランバート「助言会議の招集者」。
(3) 字義どおりには「知恵を創り出す者」。
(4) エアの別名。第一書板16–20行。
(5) 原文「遠い心（の方）」。
(6) 「言葉」の原語 *e/inimmû* はアッカド語の一般的な「言葉（*aw/mātu*）」に対応するシュメル語 inim「言葉」

66 私はよいことをした、とお思いください[1]。
67 私がアプスーを殺害する前に、
68 誰がいまのこのようなことを予見しえたでしょう[2]。
69 私が急いで彼を滅ぼし去る前に、
70 何があって、私は彼を消し去ろうとしたのでしょう[3]」。
71 アンシャルはこれを聞き、その言葉は彼に心地よかった。
72 彼は心を宥《なだ》めて、エアに語った、
73 「わが子よ、お前の行動は神にふさわしい。
74 その憤怒《ふんぬ》、誰も抗えない撃破《げきは》をもって?お前は［……］できよう。
75 エアよ、お［前の行］動は神に［ふさわしい］。
76 その憤怒、［誰も抗えない撃］破をもって?お前は［……］できよう。
77 行け、ティアマトの［前を］、いきり立つ彼女を[4]鎮《しず》めよ。
78 彼女の怒りが［収まる］ように、［お前］の呪文ですぐにも［……を］去［らせよ］」。
79 エアは[5]［彼の父親］、ア［ンシャルの］発言を聞いて、

80 出陣《しゅつじん》し、(6) 道を進んで行った。
81 エアは行って、ティアマトの策略《さくりゃく》を探ろうとしたが、
82 留《とど》まるや、無言になって、引き返してきた。
83 主権者(7)アンシャルの前に彼は［まか］り出て、
84 懇願《こんがん》して、(8) アンシャルに(9)語った。
85 「［父よ］、ティアマト、彼女の業《わざ》ははるかに私を超えています。
86 私が彼女の歩みを探っても、［私の］呪文では太刀打ちできません。

の借用語。文学作品にのみ用いられる。本作品ではほかに第六書板22行。

（1）字義どおりには「あなたの心に引き寄せられよ」。

（2）このような事態になったのは自分（エア）のせいではない、との主張。

（3）エアがアプスーを抹殺する必然性があった、ということ。

（4）字義どおりには「彼女の蜂起を」。

（5）原文「彼は」。

（6）字義どおりには「街道を摑み取り」。

（7）原語バウール（*ba'ilu*）。西セム語 *ba'alu*「主、所有者」に由来するか。

（8）字義どおりには「懇願を摑んで」。

（9）原文「彼に」。

87 彼女の力は強烈で、彼女は恐ろしさに満ちています。
88 神々の集会[1]で彼女はますます強力になり、誰も彼女に立ち向かえません。
89 彼女のかん高い[2]喚《わめ》きはいっこうに弱まりません。
90 その叫び声に恐れをなして、私は急いで引き返してきたのです。
91 父よ、意気阻喪《そそう》せず、彼女に別の者を送ってください[3]。
92 女の力はいかに強くとも、男のそれにはかなわないのですから[4]。
93 彼女の精鋭部隊[5]を解体し、その計略《けいりゃく》を蹴散《けち》らしてください、
94 彼女がその手を私たちの上に伸ばす、その前に」。

95 アンシャルは憤激《ふんげき》して叫び、
96 彼の息子、アヌ[6]に語った、
97 「頑健《がんけん》なる嫡子《ちゃくし》よ、勇者の武具よ[7]、
98 力は強烈で、いきり立てば、抗《あらが》うものもない者よ、
99 急いで、ティアマトの前にお前が立ちはだかり、

100 彼女の思いを鎮めよ、その心が休まるように[8]。
101 もし、彼女がお前の言葉を聞かないならば、
102 懇願の言葉を彼女に語れ、彼女が鎮まるように」。
103 アヌは[9]彼の父親、アンシャルの発言を聞いて[10]、
104 出陣し、道を進んで行った。
105 アヌは行って、ティアマトの策略を探ろうとしたが、
106 留まるや、無言になって、引き返してきた。
107 彼を生んだ父[11]、アンシャルの前に彼は［まか］り出て、

（1）「神々の」は翻訳上の補い。
（2）*še-ba-am* を *šapâm* の変形とみる。
（3）字義どおりには「もう一度、彼女に送ってくださ い」。
（4）当時のことわざか。
（5）原文「彼女の結束（複数）」。中核となる軍隊のこと。
（6）アヌはアンシャルとキシャルの長子で嫡男。第一書板14–15行。
（7）戦闘に秀でた者。
（8）字義どおりには「その心が呼吸するように」。
（9）原文「彼は」。
（10）以下、118行まで、本書板79–94行の繰り返し。注は79–94行のそれを参照。
（11）83行と異なる表現。

108 懇願して、アンシャルに[1]語った、
109 「父よ、ティアマト、［彼女の業は］はるかに私を超えています。
110 私が彼女の歩みを探っても、私の［呪文では太刀打ち］できません。
111 彼女の力は強烈で、彼女は恐ろ［しさに満］ちています。
112 神々の集会で彼女はますます強力になり、誰も彼［女に立ち向かえま］せん。
113 彼女のか［ん高］い[2]喚《わめ》きはいっこうに弱まりません。
114 その叫び声に恐れをなして、私は急いで引き返してきたのです。
115 父よ、意気阻喪せず、彼女に別の［者を］送ってください。
116 女の力はいかに強くとも、男のそれにはかなわないのですから[3]。
117 彼女のもとに結束する軍を解体し、彼女の計略を蹴散らしてください、
118 彼女がその手を私たちの上に伸ばす、その前に」。

119 アンシャルは静まり返って、地を見つめる。
120 彼はエアにうなずき、頭を振る[4]。

121 イギギとアヌンナキの神々[5]がみな集まったが、
122 彼らは唇を固く閉じ、黙したまま座した。
123 どの神も…［……に］立ち向かおうとせず、
124 ［彼の］命を受けても[6]、ティアマトに向かって出陣しようとしなかった。
125 そこで、偉大な神々の父、主《しゅ》なるアンシャルは、
126 心を憤《いきどお》らせ、誰にも呼びかけようとはしなかった。

127 力強い嫡子、父親の報復を果たす者、
128 闘いに素早い、英雄マルドゥクを、
129 エアは秘密の場所に呼び出して、

（1）原文「彼に」。
（2）本書板89行の注（2）を参照。
（3）当時のことわざか。
（4）どうしたものか、との無言の問いかけ。
（5）イギギ（イギグとも）とアヌンナキ（アヌンナクとも）は集合神。前二千年紀末から、前者は天の集合神、後者は冥界の集合神に分かれてゆく。
（6）原文「［彼（＝アンシャル）の］唇によっても」。

130 その心に予祝《よしゅく》の言葉[1]を告げた。
131 「マルドゥクよ、助言を与えよ、お前の父親に聞いて。
132 お前はわが子、父親をくつろがせる者。[2]
133 アンシャルの前にずっと近づけ。
134 口を開け、彼はいきり立っているが、[3]お前を見て鎮[4]まる」。
135 ベール[5]は、彼の父親の言葉に嬉しくなり、
136 近づいてゆき、アンシャルの前に立った。
137 アンシャルは彼を見ると、心は喜びで満ちた。
138 マルドゥク[6]はアンシャルの唇に接吻し、恐れを取り除いた。
139 「父よ、唇[7]を閉じることなく、お開きください。
140 私が行って、すべて、あなたのお心どおりにいたしましょう。
141 アンシャルよ、唇を閉じないで、お開きください。
142 私が行って、すべて、あなたのお心どおりにいたしましょう。
143 どの男が、あなたに戦いを挑めましょうか。[8]

144 女であるティアマトが、武器をもってあなたに立ち向かえましょうか。
145 ［父よ］、創造者よ、喜び楽しんでください。
146 間もなく、あなたはティアマトの首筋を踏みつけるのですから。
147 アンシャルよ、創造者よ、喜び楽しんでください。
148 間もなく、あなたはティアマトの首筋を踏みつけるのですから」。
149 「行け、子よ、あらゆる英知に精通する者よ。

（1）原文「彼の心の ka/inim.inim.ma.ak」。アッカド語の読み方は不明のシュメル語表現。CAD K 36: *kainimakku* / *iniminim(m)akku*. AHw 420a: *ka'inimmāku*（ただし、1262b では *amātu* を示唆）。ka と inim は同一文字で、ka と読めば「口」、inim と読めば「言葉」。いわゆる「呪禱」には「ka/inim.inim.ma を唱える」「ka/inim.inim.ma（神名）への手を上げる祈り」といった表現が多用される（*UFBG*, S. 23ff., CAD Š III 212）。ここではエアがマルドゥクに授けた祝福の言葉。第五書板114行も参照。

（2）原文「彼（＝お前の父親）の心を広くする者」。

（3）ランバートは「立て」（命令として用いられた *izuzzu* 不定詞とみる）。

（4）*e-ma-ru-uk-ka*. AHw 211a: *emarukku* "Sintflutdrache".

（5）マルドゥクの別称。第一書板80行の注（8）を参照。以下、しばしば用いられる。

（6）原文「彼」。続く「アンシャル」も。

（7）発話器官としての「唇」。

（8）字義どおりには「あなたを彼の戦いに連れ出せようか」。

150 お前の清い呪文でティアマトを鎮めよ。
151 嵐に乗って[1]、素早く進め。
152 顔をそらすことなく[2]、彼女を退却させよ[3]」。

153 ベールは、彼の父親の言葉に嬉しくなり[4]、
154 心弾《こころはず》ませて、父親に告げた、
155 「神々の主、偉大な神々の天命よ[5]、
156 もし、私があなたたちの報復を果たす者であり[6]、
157 ティアマトを捕縛《ほばく》し、あなたたちを元気づけたなら[7]、
158 集会[8]を催し、わが天命を最上のものと宣言してください[9]。
159 あなたはウブシュ・ウキンナにて[10]、一緒に楽しく席についてください。
160 あなたのそれに代わる私の口の業によって、天命を定めさせてください。
161 何であれ、私が定めること[11]は変えられてはなりませぬ。
162 私の命令[12]が翻《ひるがえ》されることなく、取り消されませんように」と。

（1）嵐を車として。第四書板50行を参照。

（2）原文 *pa-nu-uš-šú la ut-tak-ka-šu/ša/šá/ru* は解釈の難しい句。*pa-nu-uš-šú* は「彼の顔／前にて」と読めるが、「彼」が誰を指すかは不明。ランバートは *-uš-šú* の元来の語形を *-uš* とみて、「顔／姿とともに」と訳す。*la ut-tak-ka-šu/ša/šá* は「そらされない」（< *akāšu* Dt 3. sg. pres.）、異本の語尾 *-ru* は「変えられない」（< *nakāru* Dt 3 sg. pres.）と読んだことを示す。試訳はこの句に、エアやアヌのように引き返す（90、114行）のではなく、という意味合いをみる。

（3）「彼女を」は翻訳上の補い。自分が引き返すのではなく、彼女を引き退かせよ、という意味。

（4）135行に同じ。

（5）神々の天命を定める者の意。本書板61、63行参照。

（6）マルドゥクはアンシャルにそう言われていた。本書板127行参照。以下、最終行まで、第三書板58–64行に反復。

（7）字義どおりには「あなたたちを生かす」。

（8）神々の集会。

（9）神々のなかでも天命を定める最高位を与えてほしい。第三書板60行に反復。

（10）ウブシュ・ウキンナ（Ubšu.ukin.na）は天の集会所。マルドゥクを祀るバビロンのエ・サギル神殿には、この名で呼ばれる場所があった（*BTT*, p. 85 他）。

（11）字義どおりには「建てる／創ること」。

（12）字義どおりには「私の唇の発言」。

第三書板

内容

1–66行。アンシャルは、侍臣カカをラフムとラハムのところに遣わし、戦闘を準備するティアマトの計略を暴露する。そして、ティアマトに立ち向かうマルドゥクの決意を告げ、父祖の神々全員に、アンシャルのもとに来て、マルドゥクのために「天命」を定めてほしいと要請せよ、と命じる。カカが父祖の神々に告げる言葉のうち、ティアマト側の計略を暴露する15–52行は第二書板11–48行をそのまま反復したもの。続く53–64行は、第二書板109–162行をふまえ、ティアマトに差し向けたアヌとエアは引き返したが、マルドゥクがティアマトに立ち向かう決意を固めたゆえに、彼が勝利したら、アンシャルに代わる天命宣言者にしてほしいと望んでいる、との内容。65–66行は、父祖の神々への要請の言葉。

67–124行。カカは父祖の神々のところに赴き、アンシャルの言葉を伝える。73–124行は15–66行をそのまま反復。

125–138行。ラフムとラハムおよび神々は、カカの言葉を聞いて興奮し、アンシャルのもとにやって来ると、宴席で飲食を振舞われたので、気持ちも大らかに、マルドゥクのために「天命」を定めた。

1 アンシャルは口を開いて、
2 彼の侍臣カカに語った。[1]
3 「侍臣カカよ、わが心を和《なご》ませる者よ、
4 ラフムとラハム[2]のところにお前を遣《つか》わそう。
5 お前は［探］し出すことが得意で、語ることも巧みだ。
6 わが父祖の神々を、わがもとにお連れせよ。
7 その神々全員をお連れする［がよい］。
8 彼らが語り合い、宴《うたげ》の席にお着きになるように。
9 穀物を食し、クルンヌ・ビールをお飲みになるように。[3]

（1）カカ（^{d}Ka-kà）は「使者の神」。神話『ネルガルとエレシュキガル』ではアヌの使者として登場。次行からのアンシャルの発言は66行まで続く。

（2）ラフムとラハムは原初の神。アプスーとティアマトの子供。第一書板10行とその注（7）を参照。

（3）本書板134行参照。「穀物」はアシュナン（*ašnan*）。『アシュナンとラハル』と名づけられた原初の「穀物と母羊」の誕生神話が知られる。後にマルドゥクは「アシュナン『穀物』とラハル『母羊』を創りし方」と呼ばれる（第七書板79行）。クルンヌは一種の上等ビール。神々の飲み物とされることが多い。

10 彼らの報復を果たす者、[1]［マル］ドゥクに天命をお定めくださるように、
11 さあ、向かっておゆき、カカ、彼らの前に立ちなさい。
12 私がお前に語ること［すべてを］彼らに告げなさい、
13 あなたたちの息子、アンシャルが私を遣《つか》わされ、
14 その心の［決めごと］を告げよ、と私に命じられた、[2]と。
15 ［すなわち、次のように(語れ)、と。[3]］

『私たちの母、［ティア］マトは私たちを毛嫌《けぎら》いし、[4]
16 ［集会を催］して、猛《たけ》り狂《くる》って怒りに燃えています。
17 神々はみな、彼女の周りに集まり、
18 あなたがたが創《つく》られた者たちまで、彼女の側《がわ》につきました。
19 彼らは陣営を固めて、ティアマトの側に立ちました。[5]
20 彼らはいきり立って、夜も真昼も休みなしに企てを練り、
21 合戦を掲げ、荒々しく、怒りに燃え、

22 戦闘を遂行するために、会議を開きました。
23 母なるフブル、万物を形づくった方、
24 彼女は誰も抗《あらが》えない武器を増し加え、大［蛇］を生み出しました。
25 その牙は鋭く、その切歯《せっし》は容赦もありません。
26 彼女は毒を血のように、それらの身体《からだ》に充満させました。
27 恐るべき大毒蛇《おおどくじゃ》に戦慄《せんりつ》をまとわせ、
28 威光《いこう》を負わせて、神々に匹敵《ひってき》するものとし（て言い）ました、

（1）すでに第二書板127、156行でマルドゥクはそういわれる。

（2）「決めごと」は72行に基づく補い。原語 *têrtu* は「指示、命令」（第一書板145行他）。占いによる吉凶判断なども意味する。

（3）補いは73行に基づく。以下、アンシャルの命令でカカが父祖の神々に語らなければならない言葉。そのなかに、二重、三重の直接話法が含まれ、じっさいにアンシャルが父祖の神々に語りかけているかのように綴られてゆく。以下、66行まで、73-124行に反復される。

（4）以下、52行まで、第二書板11-48行の反復。しかも、19行（＝第二書板15行）以下は第一書板129-162行の反復。個々の注はそちらを参照。

（5）前注を参照。

29 「彼らを見つめるものは、無力にされて、くず［折れる］ように[1]、
30 彼らの身体が破砕《はさい》されるように、退散できないまま」と。
31 彼女は立ち上がらせました、毒蛇、ムシュフシュ、ラハムを、
32 大獅子、狂犬、蠍人間《さそりにんげん》を、
33 潰滅《かいめつ》の嵐《あらし》、魚人間、野牛人間を、
34 容赦なき武器を装備する者たち、戦［い］を怖《おそ》れぬ者たちを。
35 彼女の指示は圧倒的、それに抗うことはできません。
36 このようにして、彼女はこれら十一種の怪物を［生み出］しました。
37 彼女のもとで［会議を］催した神々、彼女の息子たちのなかで、
38 キングーを彼女は高め、彼［ら］の間で［彼を最も］偉大に［しました］。
39 軍隊の指揮、会［議の主］宰、
40 武器の［装］備、戦闘開始、［戦闘鼓］舞、
41 合戦［命令］、［軍］事の大権、
42 これらを彼女は彼の手に［委ね］、［彼を玉座に］就かせ（て言い）ました。

43 「[私は] そなたに呪文を [与え]、神々の集会で [そなたを偉大にし] た。
44 神々すべての [指] 揮権を、[彼《[ママ]》] の手に [授けた]。
45 [じつに]、そなたは偉大になった、わが夫よ、[そなた] は高められて。
46 そなたの発言は、すべてのアヌ [ンナキ][2] の神々にまさるように」。
47 ティアマトはキングーに天命の書板を与え、彼の胸に結ばせました、
48 「御身《おんみ》、御身の発言は変更されることなく、御身の命令は固くあれ」と (言って)。
49 いまや、キングーは高められ、主権を手に入れました。
50 彼は、彼女の子らである[3]神々の天命を定め (て言い) ました。
51 「お前たちの口の業《わざ》が火を鎮《しず》めるように、
52 お前たちの蓄えた毒が、強者《つわもの》らを屈服させるように」と[4]。

(1) *naharmumu* のŠ語幹を用いる。第一書板139行の注 (10) を参照。
(2) ここではアヌッキ (An[ukki]) と表記。
(3) 第一書板160行の注 (2) を参照。
(4) 15行からここまで、父祖の神々に語れ、とアンシャルがカカに命じたティアマト側の戦闘準備の報告。

53 私はアヌを遣《つか》わしましたが、ティアマト[1]に対抗できず[2]、
54 ヌディンムドも怖《こわ》がって、引き返してきました。
55 神々の賢者[3]、あなたがたの息子、マルドゥクが進み出て、
56 ティアマトに立ち向かう決意を固めました[4]。
57 彼は私に自分の口の業で語りました。
58 「もし[5]、私があなたたちの報復を果たす者であり、
59 ティアマトを捕縛し、あなたたちを元気づけたなら、
60 集会を催し、わが天命を最上のものと宣言されよ。
61 あなたはウブシュ・ウキンナにて、一緒に楽しく席につかれよ。
62 あなたに代わる私の口の業によって、天命を定めさせてくだされ。
63 何であれ、私が定めることは変えられてはなりませぬ。
64 私の命令が翻《ひるがえ》されることなく、取り消されませんように」と。
65 さあ、急いでお出かけなさり[6]、マルドゥク[7]のために天命を早く定めてください。
66 彼が出陣して、御身《おんみ》らの強力な敵と立ち向かえますように』と」。

67 カカは出て行き、道を進んで行った、
68 ラフムとラハム、彼の父祖の神々のところに。
69 彼はひざまずき、彼らの前で[8]地に接吻すると、
70 まっすぐ立って、[9]彼らに語った。
71 「みなさまの御子《みこ》、アンシャルが私を遣わされ、
72 その心の決めごとを告げよ、と私に命じられました。[10]

(1) 原文「彼女」。
(2) 以下、66行まで、カカが父祖の神々に伝えなければならないアンシャルの言葉の続き。本行と次行は第二書板72行以下をふまえる。ただし、ティアマトに向かわせたアヌとエア（＝ヌディンムド）の順序は第二書板と逆。
(3) アッカド語アプカル（*apkallu*）。エア、マルドゥクなどの神々に、神話上の人物エタナに用いられる称号。呪礼文書などには太古の「七賢人」も登場。人間にはまれに祭司、呪術師、卜占師などに用いられる。
(4) アッカド語では願望や決意を「彼の心が……をもたらす」と表現。
(5) 以下、64行まで、第二書板156-162行の引用。
(6) アンシャルのもとに。
(7) 原文「彼」。
(8) 異本「彼らの下で」。
(9) 異本「ひざまずいてから立って」。
(10) 13-14行目を参照。

73 すなわち、次のように（語れ）、と。[1]

『私たちの母、ティアマトは私たちを毛嫌いし、[2]
74 集会を催して、猛り狂って怒りに燃えています。
75 神々はみな彼女の周りに集まり、
76 あなたが創られた者たちまで、彼女の側につきました。
77 彼らは陣営を固めて、ティアマトの側に立ちました。[3]
78 彼らはいきり立って、夜も真昼も休みなしに企てを練り、
79 合戦を掲げ、荒々しく、怒りに燃え、
80 戦闘を遂行するために、会議を開きました。
81 母なるフブル、万物を形づくった方、
82 彼女は誰も抗《あらが》えない武器を増し加え、大蛇《おろち》を生み出しました。
83 その牙は鋭く、その切歯《せっし》は容赦もありません。
84 彼女は毒を血のように、それらの身体《からだ》に充満させました。

85 恐るべき大毒蛇に戦慄をまとわせ、
86 威光を負わせて、神々に匹敵するものとし（て言い）ました。
87 「彼らを見つめるものは、無力にされて、くず折れるように、[4]
88 彼らの身体が破砕《はさい》されるように、退散できないまま」と。
89 彼女は立ち上がらせました、毒蛇、ムシュフシュ、[5] ラハム、[6]を、
90 大獅子、狂犬、蠍人間を、
91 潰滅の嵐、魚人間、野牛人間を、
92 容赦なき武器を装備する者たち、戦いを怖《おそ》れぬ者たちを。
93 彼女の指示は圧倒的、それに抗うことはできません。
94 このようにして、彼女はこれら十一種の怪物を生み出しました。

（1）以下、124行まで15–66行の反復。
（2）以下、52行まで、第二書板11–48行の反復。しかも、77行以下（＝第二書板15行以下）は第一書板129–162行の反復。個々の注はそちらを参照。
（3）前注を参照。
（4）動詞は *naharmumu* のN語幹。29行ではS語幹。
（5）第二書板27行の注（1）を参照。
（6）神格決定詞を付さない異本有。

95 彼女のもとで会議を催した神々、彼女の息子たちのなかで、
96 キングーを彼女は高め、彼らの間で彼を最も偉大にしました。
97 軍隊の指揮、会議の主宰、
98 武器の装備、戦闘開始、戦闘鼓舞、
99 合戦命令、軍事の大権、
100 これらを彼の手に委ね、彼を玉座に就かせ（て言い）ました。
101 「私はそなたに呪文を与え、神々の集会でそなたを偉大にした。
102 神々すべての指揮権をそなたの手に授けた。
103 じつに、そなたは偉大になった、わが夫よ、そなたは高められて。
104 そなたの発言は、すべてのアヌンナキ[1]の神々にまさるように」。
105 ティアマトはキングーに天命の書板を与え、「彼の胸に結ばせました」、
106 「御身《おんみ》、御身の発言は変「更されることなく、御身の命令は固くあれ」と（言って）」。
107 いまや、キングーは高めら「れ、主権を手に入れました」。
108 彼は、彼女の子らである神々の天「命を定め（て言い）ました」。

109 「お前たちの口の業が火［を鎮めるように］、
110 お前たちの蓄えた毒が強［者らを屈服させるように」と］。

111 私はアヌを遣わしましたが、ティアマトに対抗できず、(2)
112 ヌディンムドも怖《こわ》がって、引［き返して来ました］。
113 ［神々の］賢［者、あなたがたの息子］、マルドゥクが進み出て、
114 ティアマトに立ち向かう決［意を固めました］。
115 彼は［私に］自分の口の業で［語りました］。
116 「もし、(3)私があなたたちの報復を果たす者であり、
117 ティアマトを捕縛《ほばく》し、［あなたたちを元気づけたなら］、
118 集会を催し、［わが天命を最上のものと宣言さ］れよ。

（1）ここではアヌッキ（Anukki）と表記。
（2）以下、124行まで、カカが父祖の神々に伝えなければならないアンシャルの言葉の続き。本書板53-66行
の反復。本行と次行は第二書板72行以下をふまえる。
（3）以下、123行まで、第二書板156-162行の引用。注はそちらを参照。

119 あなたはウブシュ・ウキンナにて、［一緒に楽しく席につかれよ］。
120 あ［なたに］代わる私の口の業によって、［天命を定めさせてくだされ］。
121 何であれ、［私］が定めることは変えられてはなりませぬ。
122 私の命令が翻《ひるがえ》されることなく、取り消されませんように」と。
123 「急いでお出かけくださり、マルドゥクのために天命を早く定めてください。
124 彼が出向いて、御身らの強力な敵と立ち向かえますように』と」。

125 ラッハ[2]とラハムはこれを聞くと、かん高く叫んだ。
126 イギギ[3]はみな、いたくわめき立て（て言っ）た、
127 「何という敵対行為か[4]、彼女がわれら［に行］動を起こす[5]とは。
128 われらは知らなかった、ティアマトがそ［うし］ている、などとは」。
129 ひとまとまりになって[6]、やって来た、
130 ［天命］を定める偉大な神々、そのすべてが。
131 彼らはアンシャルの前にまかり出て、［喜びに］溢れた。

132 彼らは互いに接吻し合い、集会で［……］。

133 彼らは語り合い、宴の席に［着いて］、

134 穀物を食し、クル［ンヌ・ビール］を飲み、(7)

135 甘いシラシュ・ビール(8)で彼［ら］の喉を潤した。(9)

（1）原文「彼」。

（2）ラフムの別表現か。

（3）集合神イギギについては、第二書板121行の注（5）を参照。

（4）ランバート「何を間違えてしまったのか（What has gone wrong?）」。

（5）*ṣibit ṭēmi-x rašû*「x に対して行動を起こす」（AHw 1098a）。

（6）*ig-gar-šú-nim-ma*. AHw 710a は *nagaršû* "durcheinanderlaufen", CAD N I 108a は *nagāru* "copulate" のN語幹を示唆。

（7）本書板8–9行を参照。

（8）「シラシュ・ビール」と訳したアッカド語は *širisu*（＝ *sirišu* ＝ *siraš*）。『ギルガメシュ叙事詩』（XI 72）にクルンヌ・ビールと並んで言及される。ほかにも、蜂蜜、クルンヌ・ビール、清い葡萄酒等々と共に、神々に捧げられる。シュメル語表現は神格決定詞を用いて dŠIM. ただし、ランバートは *ši-ri-sa* を *ar-sa* と読み、「菓子（cake）」と理解。楔形文字 AR は ŠI に RI を連続させる文字であり、CT XIII 9 をみるかぎり、*arsu* という読みが正しいようにみえるが、*arsu* というアッカド語はほかに存在しない。ランバートが「菓子」と訳したのは、*arsānu*（AHw: "Gerstengrütze"; CAD A II "a kind of groats"）からの類推であろう。

（9）字義どおりには「喉を通した」。

136 彼らはビールを飲み、腹をふくらませると、
137 いたく気楽になり、気持ちも大らかになって、
138 彼らの報復を果たす者、マルドゥクのために天［命を］定めた。

第四書板

内容

1―34行。アンシャルのもとに集まった父祖の神々はマルドゥクを高座に座らせて、「全世界の王権」を付与する。さらに、星座の破壊と復元を通してマルドゥクの権能を確認すると、「マルドゥクこそは王」と宣言し、ティアマトとの戦いに送り出す。

35―64行。マルドゥクはティアマトとの戦闘に備えて武器を準備し、アヌの贈物である「四重の風」に加え、激しい「七重の風」をこしらえ、四頭立ての「嵐の車」を駆って、ティアマトに向かって出陣する。父祖の神々も、彼を囲んで進んだ。

65―104行。マルドゥクが接近すると、ティアマト軍を指揮するキングーは狼狽する。ティアマトは呪文と虚言を放って対抗し、マルドゥクと戦いを交えるが、最後にマルドゥクはティアマトの体内に「悪風」を吹き込み、動きをとめられたティアマトを殺害する。

105―122行。マルドゥクはティアマト側についた神々や悪鬼らを捕らえ、キングーからは「天命の書板」を奪い取る。

123―146行。こうして勝利を収めたマルドゥクは、殺害したティアマトを切り裂き、その半分をもって天蓋を造り、その天上に至高の三神アヌ、エンリル、エアのために聖所を造り、そこに住まわせた。

1 彼らはマルドゥクに[1]君主の高座を設けたので、
2 彼は父祖たちの前で指揮権を受け取るために座[2]した。
3 (彼らは言った、)
「御身《おんみ》[3]こそは偉大な神々のなかで最も重んぜられる。
4 御身の天命は比類なく、御身の発言はアヌのそれ[4]。
5 マルドゥクよ、御身は偉大な神々のなかで最も重んぜられる。
6 御身の天命は比類なく、御身の発言はアヌのそれ。
7 今日より、御身の命令は覆《くつがえ》されることはない、
8 高めること、低くすること、それは御身の手中にあって[5]、
9 御身の言辞[6]は確か、御身の発言は偽りもなく[7]。
10 神々のうちの誰も、御身の設けた境[8]を踏み越えない。
11 神々の聖殿《せいでん》[9]は扶養《ふよう》を必要とするが、

12 その聖屋《せいおく》[10]があるところで、御身の居所[11]が固くされんことを。
13 マルドゥクよ、御身こそわれらの報復を果たす方、
14 われらが御身に全世界の王権を与えたからには、
15 御身は集会[12]に座せ、御身の言葉が高められんことを。
16 御身の武器は違《たが》うことなく、御身の敵を撃破《げきは》せんことを。

---

(1)「彼ら」は第三書板末尾にでる「偉大な神々」。「マルドゥク」は原文「彼」。

(2)キングーに付与された「支配権」(第一書板154行)に対抗して。

(3)以下、偉大な神々の発言。

(4)「のそれ」は翻訳上の補い。6行目でも。『エヌマ・エリシュ』では、アヌはアンシャルとキシャルの嫡子、エアの父、マルドゥクの祖父とされるが(第一書板12–17、82–83行)、シュメル時代から、メソポタミアのパンテオンの至高神とされる天空神アンに同じ。

(5)字義どおりには「それがあなたの手である」。この場合、「手」は「思い通りにする力」を表す。旧約聖書でも、神は「低きを高め、高きを低める」という(サムエル記上二章7節)。

(6)字義どおりには「あなたの口から出ること」(27行にも)。

(7)異本「比類もなく」。

(8)定め、決めごとの比喩的表現。

(9)「聖殿(*parakku*)」は神殿内の主神が鎮座する場所。

(10)「聖屋(*sāgu*/*sagû*)」は神殿内の「聖なる部屋」の一つ。

(11)「居所/場所」はしばしば「聖所」を指す。

(12)神々の集会。

17 ベールよ、御身に信頼する者のいのちを惜《お》しまれよ。
18 悪に手を染めた神のいのちは、振り落とされよ[1]」。
19 彼らは自分たちの間に一つの星座[2]を立ち上げ、
20 彼らの長子、マルドゥクに彼らは語った、
21 「御身の天命は、マルドゥクよ、神々に先立つ。
22 壊すこと、建てることを命じてみよ[3]、それが実現するように[4]。
23 御身の口の業《わざ》により、星座が壊れるように。
24 ふたたび命ぜられよ、星座が元に戻るように[5]」。
25 マルドゥクが口で命じると、星座は壊れた。
26 ふたたび命ずると、星座が建てられた。
27 父祖たちである神々は彼の言辞を見て、
28 喜び、祝福した、マルドゥクこそは王、と。

29 彼らはまた王杖と玉座と錫杖《しゃくじょう》(6)を彼に付与し、
30 敵を突き倒す、誰も抗《あらが》えない武器を彼に与えた。
31 (彼らは言った、)
32 「出て行き、ティアマトの喉(7)を切り裂け、
風が知らせとして彼女の血を届けるように」。
33 父祖たちである神々はベールの天命を定め、(8)
34 完璧・成就の道(9)を彼に取らせた、街道に沿って。(10)

(1)「……に手を染めた」は「……を掴んだ」が、「振り落とす」は「注ぎ出す」が原意。

(2) アッカド語 *lumašu.* 狭義には「十二宮星座」、広義には「星座」ないし「星」。

(3)「壊し、建てる」は旧約聖書でも神的権能の表現。エレミヤ書一章10節ほか。

(4) 神々はマルドゥクの言葉に権能があることを確認しようとする。

(5)「元に戻る」は「無傷になる」こと。

(6)「王杖(*haṭṭu*)」も「玉座(*kussû*)」も「錫杖(*palû*)」も王権の象徴。

(7) 別訳「生命」。本書板109行を参照。「喉(*napištu*)」を通る気息は生きている証しなので。ほかのセム語でも同様に「喉」は「生命」。

(8) ベール＝マルドゥクが「王」としてティアマト軍を撃破し、勝利を収めることの予祝として。

35 ベール[1]は弓をあらしめ、彼の武器に加え、
36 矢をそれに乗せ、弓弦《ゆづる》をそこに固定した。
37 彼は棍棒[2]を掲げて、右手で摑み、
38 弓と矢筒を脇に掛けた。
39 彼は稲妻を自分の前に据え、
40 燃え上がる炎で身体《からだ》を包んだ[3]。
41 彼はティアマトとの接近戦[4]で包囲するための網を作り[5]、
42 四方の風に摑ませた、彼女には逃れ出るものがないように。
43 南風、北風、東風、西風を、
44 彼は網の脇に近づけさせた、彼の父、アヌの贈物を[6]。
45 彼は悪風《あくふう》、暴風《ぼうふう》、砂嵐《すなあらし》をこしらえた[7]、
46 四重《しじゅう》の風、七重《しちじゅう》の風、旋風《せんぷう》、烈風《れっぷう》を[8]。
47 彼は自分が創った風、七つの風[9]を送り出すと、

(9) 原語 *uruḫ šulmi u tešmê* を字義どおり訳せば「完全と聞き届けの道」。一種の二詞一意。ランバート「繁栄と成功の道」、フォスター「成功と権威の道」。*šulmu* と *tešmû* は第五書板99行にも。

(10)「に沿って」は翻訳上の補い。

---

(1) 原文「彼」。

(2) 原語は *miṭṭu.* シュメル語表記は giš.tukul.dingir「神の武器」。用例のほとんどが神々の武器。本書板130行、第五書板156行。

(3) 字義どおりには「満たした」。

(4) 原文 *qerbiš Tiamat*「ティアマトの内部で／を」は意味不明瞭（ランバート「ティアマトの内臓を」）。フォン・ゾーデンは「潰滅のさなかに（*qerbiš damti*）」を書記が写し間違えたのであろうと推測（AHw 158a）。「接近戦で」は *qerbiš* を「内部（*qerbu* II）」でなく、「近い（*qerbu* I）」の副詞形とみた意訳。

(5) 敵を囲んで捕らえる網。シュメル初期王朝期以来の戦法。95行参照。

(6) 第一書板105-106行を受ける。

(7)「悪風（im.ḫul.la）」はシュメル語。この後に「悪い風（*ša-ar lem-nu*）」とアッカド語の説明句を加える写本有。「暴風（*meḫû*）」は戦争の比喩ともなる。「砂嵐（*ašamšūtu*）」は砂埃を含んだ強風。

(8) 四種の風はすべてシュメル語で表現。「四重の風」は42行「四方の風」とは別。マルドゥクは「四重の風」で瓦礫を取り除いたと、ネブカドレツァルの碑文にみられる（VAB 4. 96 I 21）。「七重の風」も呪力を持つ風として呪詛文書などに言及される（Šurpu II 166 他）。「旋風（im.sùḫ）」は「混乱させる風」、「烈風」は im.sá.a.nu.sá.a / im.nu.sá.a / im.si.a.nu.si.a などと表記され、正確な意味は不明。im.nu.sá.a が元来の語形で、「抗えない風（im.nu.sá.a = *šāru lā maḫar*）」か。

(9) 45-46行の七種類の風。

48 ティアマトとの接近戦で(1)苦しめるために、彼の後ろに立った。
49 ベールは洪水を彼の偉大な武器として掲げ、
50 誰も抗《あらが》えない恐るべき嵐の車に乗った。(2)
51 彼はそれを四頭立てにして、その脇に手綱を掛けた。(3)
52 殺し屋、仮借《かしゃく》なし、併呑《へいどん》、舞い上がりがそれ。(4)
53 唇は開き、それらの歯は毒を持つ、(5)
54 疲れを知らず、制圧には熟達《じゅくたつ》して。
55 彼はその右に恐怖の戦争と闘いを立たせた、
56 左には徒党を組む者すべてを突き倒す戦闘を。(6)
57 彼はそら恐ろしい鎧《よろい》を上着にまとい、(7)
58 頭《こうべ》には畏怖《いふ》を呼び覚ます威光(8)を冠《かむ》る。

59 ベールはまっすぐに道を進み、
60 怒れるティアマトへと顔を向けた。

61 唇には呪文を噛みしめ、
62 手には毒を消す草を握り。
63 そのとき、彼を囲んで進んだ、神々が彼を囲んで進んだ。
64 父祖たちである神々は彼を囲んで進んだ、神々が彼を囲んで進んだ。
65 ベールは近づき、ティアマト軍の内部(9)を偵察し、
66 彼女の夫、キングーの戦略を探った。

(1) 本書板41行の注(4)を参照。
(2) 戦闘はしばしば嵐や洪水に喩えられる。
(3)「手綱を」は翻訳上の補い。異本「彼の横に」。
(4) 四頭立ての馬の名。
(5) 毒蛇のように。
(6) 前行と本行では戦争や戦闘が擬人化される。
(7) 本行を構成する四単語(*nahlapta apluhti pulhāti halipma*)にはhpl-plh-plh-hlpと同一音が反復。
(8) メランム。第一書板68行の注(10)を参照。
(9) 原文「ティアマトの内部を」。ただし、「内部(*qablu*)」は「戦闘」の同音異義語。なお、ティアマトは本行ではTa-à-wa-ti, Ti-à-wa-ti, Ta-me-a-tiなどと変則的に綴られる。

67 それを見て、キングーの計略[1]は錯綜《さくそう》し、
68 計画は崩れ、彼の行動は混乱をきたした。
69 彼を支援する神々は彼の脇を進んだが、
70 第一人者の英雄を見て、目を疑った[2]。
71 ティアマトはすぐさま[3]［呪］文を投げつけた、
72 その唇には虚偽を、虚言《きょげん》を、しかと留めおいて[4]。
73 「［……］ベール、神々がお前に立ち向かっているのだ、
74 自分たちの［とこ］ろに集まった、お前のもとにいた彼らが[5]」。
75 ベールは洪水を彼の偉大な武器として掲げ[6]、
76 激するティアマトに、次のような言葉を送りつけた、
77 「なぜ、あなたは友好的になって外面《そとづら》を装うのか[7]、
78 戦闘を煽《あお》ろうと心に画策していながら[8]。
79 子らは彼らの父祖たちを困らせようと、叫んだ[9]。
80 だが、あなたは彼らの母なのに、同情を拒む[10]。

（1）原文「彼の計略」（*ma-lak-šú*）。「マルドゥクの計略」ではありえない。「計略」の原語 *mālaku* は「歩み」が原意。試訳はその意訳。ただし、CAD M I 155b は *mālaku*「熟考する」の不定詞と理解。フォスター “his tactic” は前者を、ランバート “he lost his nerve” は後者をふまえる。

（2）字義どおりには「彼らの視覚は混乱をきたした」。

（3）あるいは「まっすぐに」。字義どおりには「首を回すことなく」。

（4）「虚偽」の原語 *lul-la-a* は原初の人間（*lullû*, VI 7）を想起させるが、この文脈には合わない。シュメル語 LUL「虚偽」を背後に想定し、*lul-la-a* を行末 *sar-ra-a-ti* の類語とみる（Borger, RA 74, 95f.）。行末 *sar-ra-a-ti*「虚偽」は文脈を考慮し、「虚言」と訳出。

（5）この73-74行はティアマトの虚偽の発言とみられるが、73行前半が破損していて、発言の正確な主旨は不明。ティアマトの側につく神々がマルドゥクに立ち向かうだけでなく、マルドゥクの側につく神々も離反した、という意味か。

（6）49行に同じ。

（7）読みの分かれる箇所。*tubbāti*「あなたは攻撃的である」は *tubbāti*「あなたは友好的である」とも読め、*eliš našâti* は「あなたは自分を高くする（＝横柄である）」とも「あなたは外面的に振舞う」とも解せる。試訳は後者の読みと解釈に立つ（CAD E 97b → フォスター訳）。前者の読みと解釈に立てば「あなたは攻撃的で、横柄である」と訳せる（ランバート）。

（8）原文は「あなたの心」が主語。

（9）第一書板21-46行をふまえた発言らしい。

（10）マルドゥクのこの発言がどのようなことを念頭においているのか、自明ではない。ティアマトは当初、子神たちの騒がしさを許容していた。しかし、彼らの抹殺を計画した配偶神アプスーがエアにより殺害されたことから、エアをはじめとする子神に対する復讐の戦いを準備した。マルドゥクは、それに対して、ティアマトが子神たちへの「同情」を拒絶した、と非難しているらしい。なお、「同情」と訳したアッカド語レーム（*rēmu*）の原意は「子宮」。これはヘブライ語ラハミーム「あわれみ」などでも同じ。

81 あなたはキングーを配偶者として呼び出し、
82 彼にふさわしくない至上権を付与した[1]。
83 神々の王アンシャルに、あなたは邪悪を混ぜっ返し、
84 私の父祖である神々に、あなたの邪悪をはたらいた。
85 あなたの軍隊を配備し、あなたの武器を整えさせるがよい[2]。
86 かまえよ[3]、私とあなたとで一戦を繰り広げようではないか」。
87 ティアマトはこれを聞くと、
88 われを忘れ、正気を逸した[4]。
89 ティアマトはいきり立って声高に叫ぶや、
90 配下たちはその足もと[5]で一斉に震え出した。
91 彼女は呪詛《じゅそ》を唱え、繰り返し呪文を投げつけ、
92 戦いに参じる神々は、彼らの武器を研《と》いだ。
93 ティアマトと神々の賢者マルドゥクとは対峙し、
94 一戦を交えた、戦いにせめぎ合いながら。

95 ベールは網[6]を広げて、彼女を包み込ませ、
96 背後に取っておいた悪風[7]を彼女の前に放《はな》った。
97 ティアマトは口を開け、それを呑み込もうとしたが、
98 彼が悪風を押し込んだので、彼女は唇を閉じられなかった。
99 怒れる風の数々が彼女の腹をふくらませた。[8]
100 彼女の体内が膨張し、彼女は口を大きく開けた。

（1）「至上権」の原語は「アヌ権を持つ地位（*paraṣ* ^{d}*Anūti*）」。天空神アヌが至高神とみなされたことによる。本書板4行の注（4）を参照。ここでは「アヌ権の（^{d}*Anūti*）」は ^{d}*E-nu-ti* とも表記される。異本に、神格決定詞なしの単なる「主権（*e-nu-ti*）」。
（2）字義どおりには「あなたの軍隊が配備され。彼らがあなたの武器を備えるがよい」。
（3）別訳「参れ／近づけ」（*emēdu* impr.）。
（4）「われを忘れ」の原意は異常な心理状態で神託を告げる「女預言者（*maḫḫūtu*）のようになる（*maḫḫūtiš ewû*）」こと。「正気を逸する」は「(正常な）判断力を変える」が原意。
（5）「配下たち」は「彼女の基礎」が、「足もとで」は「根元で」が原意。
（6）本書板41行で造った包囲用の網。
（7）本書板45行でこしらえた「悪風」。
（8）AHw 1081b: *ṣânu* "auffüllen". ランバートは *zânu* と読み、*ṣênu* "weigh down / load" との混同と解釈。

101 ベール[1]は矢を飛ばし、彼女の腹を裂き貫き、
102 彼女の内部を切り裂き、体内を引き裂いた。
103 彼は彼女を縛り上げて、とどめを刺し[2]、
104 彼女の亡骸《なきがら》[3]を投げ棄て、その上に立ちはだかった。

105 ベールが、指揮者ティアマトを殺害したので[4]、
106 彼女の精鋭部隊[5]は霧散し、その集会は蹴散《けち》らされた。
107 また、彼女の脇を進む、彼女を支援する神々も
108 怖《おそ》れて引き返し、後ろに踵《きびす》を返した[6]。
109 彼らは生命[7]を救うために逃げ出したが[8]、
110 包囲されて、逃げ去ることはできなかった。
111 ベール[9]は彼らを閉じ込め、その武器を破壊したので、
112 彼らは網のなかに投げ出され、捕網《ほあみ》[10]のなかに座した。
113 彼らは隅に身をおき、悲嘆にくれた[11]。

114 彼からの処罰[12]を負わされ、獄《ごく》に拘留された。

（1）原文「彼」。
（2）字義どおりには「彼女の生命を消し去った」。「生命（*napištu*）」は「喉」とも。本書板31行注（7）参照。
（3）アッカド語シャラムトゥ（*šalamtu*）。同義語パグル（*pagru*）は動物の死体も含むが、シャラムトゥは文学作品で人間（ないし神）に用いる。「安寧、無欠」などを表す語根 š-l-m からの派生語であり、元来は婉曲表現であったろう。
（4）「ベール」の原文は「彼」。「指揮者」のアッカド語は *ālik pāni*「前を行く者」。これをベール＝マルドゥクと解し、「指揮者（＝ベール）がティアマトを殺害したので／した後」（フォスター）と訳すことも可能だが、語順および次行の内容からティアマトの言い換えとみるべきだろう。
（5）第二書板93行の注（5）を参照。
（6）「踵を返す」の原文「向きを変える」。「彼らの後ろに（*ar-kàt-su-un*）」は異本に「彼らの歩みを（*al-kàt-su-un*）」。
（7）原文「彼の生命」を「彼らの生命」と読み替える。
（8）「逃げ出す」は「去らせる（*šūṣû*）」が原意。フォン・ゾーデンは「生命を去らせ（＝助け）、救う」と読む（AHw 1479b-9）。CAD A II 383a はここと第七書板36行の *šūṣû* を自動詞「逃れる」と理解する。
（9）原文「彼」。
（10）前半の「網」は敵を捕らえる戦法に用いる「網」（本書板95行）。「補網のなかに（*kamāriš*）」の「補網（*kamāru*）」はもともと動物を捕らえる罠に使う網。両者はここでは同義。
（11）字義どおりには「悲嘆に満ちていた」。
（12）異本に「彼女（＝ティアマト）の処罰」。

115 また、恐怖に囚われた十一種類の被造物[1]、
116 馭者《ぎょしゃ》として彼女の右を進んだ、ガッルーの一団[2]を、
117 ベール[3]は鼻綱《はなづな》[4]に繋ぎ、その腕を縛りつけ、
118 彼らの武具とともに、足もとに踏みつけた。
119 また、彼らの間で最も偉大となったキングー、
120 彼の右にいた死神ども[5]とともに、彼を縛り上げ、
121 彼にふさわしくない天命《てんめい》の書板《しょばん》を奪い取って、
122 印を押し、これを自身の胸に結びつけた。

123 彼の敵どもを縛り上げて、討ち果たし[6]、
124 怯《おび》える敵対者どもを葦のように黙らせ[7]、
125 敵どもに対するアンシャルの勝利を打ち立て[8]、
126 ヌディンムドの願いをかなえた後、英雄マルドゥックは、
127 縛り上げられた神々への拘束を強め、

128 彼が縛り上げていた、ティアマトのところに引き返した。
129 ベールは、ティアマトの下半身(9)を踏みつけ、
130 仮借《かしゃく》のない棍棒(10)をもって、その頭を撃ち砕いた。

（1）ティアマトが創った「十一種類の怪物」。第二書板27‐32行参照。
（2）ガッルー（*gallû*）は災いをもたらす悪鬼の名。「一団」と訳した *millu* は詳細不明。
（3）原文「彼」。
（4）「鼻綱（*serretu*）」については、第一書板72行の注（2）を参照。
（5）原語 dingir.ug_5.ga はアッカド語で *dingiruggû* と読む（ランバートは $^{d}ug_5$.ga = *uggû*）。シュメル語で ug_5 は「死」（アッカド語 *mūtu*）を意味するので、「死神」（集合的）と訳す。ただし、他の神話や文学作品に登場することはない（AHw 171b 参照）。
（6）原文では行頭に126行の「……の後」がおかれ、第一書板73行と同文。
（7）本行の理解は分かれる。まず「怯える」と訳した *mutta'du* は動詞 *na'ādu* I の Gt「見守る、見張る」からの muptaris 型名詞とみられるが（AHw 689a: "etwa unterwürfig"）、動詞 *na'ādu* II（= *nâdu*）「称える」の派生名詞とみれば「有名な」とも解される（CAD M II 304a）。さらに『エヌマ・エリシュ』の古代の注解はこの語を「強い（*dannu*）」と説明する（→フォスター "mighty (?)", ランバート "arrogant"）。次に、動詞 *ú-šá-pu-ú* は（*w*）*apû* Š「示す、見せる」でも（フォスター）、*šapû* D「黙らせる」でもありうる（CAD Š I 491b）。試訳は後者。ランバートは訳を付さない。「葦のように」と訳した *šu-ri-šam* は他に用例をみないが、*šūru*「葦」に副詞語尾 *-išam* が付された語形（GAG § 67*g*）以外には考えがたいだろう。
（8）第一書板74行に似る。
（9）字義通りには「基礎部分」。
（10）本書板37行の注（2）を参照。

131 彼が、彼女の血管を切り裂くと、
132 北風が知らせとして血を届けさせた。[1]
133 彼の父祖たちはそれを見て、喜び、歓呼して、
134 彼に祝儀《しゅうぎ》の贈り物を届けさせた。
135 ベールは休息をとってから、彼女の亡骸《なきがら》を検分し、
136 肉塊を分けて、独創的な作品を仕上げようとした。
137 干物の魚のように、彼は彼女を二つに裂いた、
138 その半分を組み立てて、天蓋《てんがい》とした。[2]
139 彼は皮膚[3]を引き延ばして、見張りを配置し、[4]
140 彼女の水が逃げ出さないように指示を与えた。[5]
141 彼は天をへめぐり、その各区域[6]を調べ上げて、
142 ヌディンムドの住まい、アプスー[7]に対応する住まいを据えた。[8]
143 ベールはアプスーの寸法を測って、
144 エシュガラ[9]と同等のもの、エ・シャラ[10]を固く据え、

145 エシュガラ（と）、彼が建てたエ・シャラ（と）、天に

（1）「血を」は32行に基づく補い。

（2）字義どおりには「天を覆った」、もしくは「天として覆った」。

（3）「皮膚を（*maš-ka* < *mašku*）」はそのまま「境界線を（*pár-ka*）」とも読めるので、「彼は（天に）境界線を引いて」とも訳しうる（CAD M I 342a）。

（4）「見張り」は地平線のこと。

（5）「彼女（＝ティアマト）の水」とは、大地の下に据え置かれた水。これが円盤状の大地の果てから、大地に流れ込むことのないように地平線を確定した、との意。旧約聖書詩篇一〇四篇9節、ヨブ記三八章10節参照。

（6）「各区域（*ašrāta/tum*）」を AHw 83a は「場所（*ašru*）」の女性複数と理解（第五書板121行にも言及される）。ランバートは「天の諸部分（celestial parts）」と訳す。ホロヴィッツは *ašrāta* を固有名と理解し、天の一部ないし「天」の言い換えとみる（*MCG*, pp. 112-114）。

（7）アプスーは、ティアマトの配偶男神アプスーを殺害したエア＝ヌディンムドがその場所に据えた「住まい」（＝神殿、第一書板69-76行参照）、マルドゥクが生まれた場所（第一書板79-82行参照）。

（8）「住まいを」は翻訳上の補い。

（9）エシュガラ（Éš.gal.la）はシュメル語で「大きな聖所」の意。アプスーの別称とみられるが、他の用例は知られていない。

（10）エ・シャラ（É.šár.ra）はシュメル語で「世界の家」の意。アッシリアの主神アッシュルの神殿が有名だが、アダブのイナンナ神殿、ウルクのアヌ神殿、ニップルのエンリル神殿などもこう呼ばれる。ここではエンリルの「住まい」。

146 アヌ、エンリル、エアを各自の聖堂に住まわせた。[1]

(1) エシュガラが神エアのため、エ・シャラが神エンリルのため、「天」が神アヌのための「聖堂(*māhāzu*)」。天空神アヌ、中空神エンリル、大地の神エアはメソポタミアの三大至高神。なお、星座を記した前二千年紀後半の文書によれば、天空の「赤道」を中心にした約二四度の範囲は「アヌの道」、その北側と南側に接する約十二度の範囲はそれぞれ「エンリルの道」と「エアの道」と呼ばれ、それぞれに星座が位置づけられた(詳細は『神話と儀礼』八四―八七頁を参照)。他方、古バビロニア版『アトラム・ハシース』の冒頭には、太古の昔、神々が宇宙空間を分け合ったとき、アヌは天空に上り、エンリルは大地に残り、エンキ(=エア)はアプスーに下ったという(Asr. I 11-18, *MCG*, p. 126)。続く第五書板は、マルドゥクがそこに星座を創り、世界の時間秩序を確立することからはじまる。第七書板6-8行には、マルドゥクがこれら三大至高神の指示を正しく実践し、彼らを扶養する神である、といわれる。

第五書板

内容

第四書板において、ティアマトに勝利したマルドゥクは、征服したティアマトの肢体の半分をもって天蓋を造り、そこに聖所を設けて三大神に住まわせた。第五書板では、それに続き、天体を造って時間的秩序を確立し、水に潤される地上世界を創る。そのなかで、神々の王として歓呼を受け、バビロンに天上世界に対応する聖所を造り上げてゆく。

1–52行。マルドゥクは星座を創り、月を出現させて月ごとの暦を定め、太陽に命じて一年と一日ごとの秩序を確立させる。ただし、太陽に命じる部分は破損が著しいために、詳細は不明。

53–66行。続いて、ティアマトの肢体の各部分を用いて地上世界を整備する。その際、ティグリス・ユーフラテス両河や泉など、水源に焦点が当てられる。

67–88行。マルドゥクは、敵の将軍キングーから奪った「天命の書板」を天空神アヌに贈り、ティアマトの眷属、十一の怪物の像をアプスー神殿の門に陣取らせ、父祖の神々の集まるアプスー神殿で神々の「王」として歓呼される。

89–116行。父祖の神々による祝福のなかで、マルドゥクは身を清め、神々の王として衣冠を整えると、イギギの神々（天の集合神）も彼を祝福し、彼に従うことを誓う。

117‐158行。マルドゥクは天のエ・シャラ神殿に応じた「館」を建造し、祝祭の際に神々が集まれる社殿を設けて、これをバビロンと名づける計画を公にした（117‐130行）。これを聞いた神々は大いに歓迎し、マルドゥクを称え、その実現を望んだ（131‐158行）。この最後の部分には欠損が目立つ。

1 マルドゥク(1)は、偉大な神々のために座所《ざしょ》を設け(2)、
2 星々を彼らと同等のものとして、星座(3)を立ち上げた。
3 彼は年を定め、境界を印づけ(4)、
4 十二カ月にそれぞれ三つの星を立ち上げた(5)。
5 彼が日と年に印づけをした後(6)、
6 星の位置を決めるために、ネーベルの座所を固定した(7)。
7 誰も間違いを犯さず、怠慢にならないために、
8 エンリルとエアの座所を、それ(8)と一緒に固く据えた。
9 彼はその両側に門を開け、

10 左右には強固な門《かんぬき》を固定した。[9]
11 ティアマトの腹[10]には高みを据え付け、
12 月[11]を出現させ、これに夜を託した。[12]

（1）原文「彼」。
（2）「座所（*manzāzu*）」は「位置」「立場」「地位」（<*uzuzzu*「立つ」）などを表すが、ここでは、それぞれの神に対応する星のこと。古代メソポタミアでは、太陽神シャマシュ、月神シンはもとより、ニヌルタは水星、イシュタルは金星、ネルガルは火星、マルドゥクは木星というように、とくに主要な神は惑星と結びつけられた。アヌ、エンリル、エアについては第四書板146行の注（1）を参照。
（3）第四書板19行の注（2）を参照。
（4）おそらく一年の月数に合わせて十二に区分した天空の「境界」。
（5）十二の月に区分した天空上の星座（十二宮）を「アヌの道」「エンリルの道」「エアの道」の三領域にそれぞれ一つの星座を、都合三六の星座を割り振ったこと。それぞれの星座については拙著『神話と儀礼』八六頁を参照されたい。
（6）世界の時間的秩序を定めた後。「日と年」は旧約聖書の天地創造物語でも時間を表す（創世記一章14節）。
（7）ネーベル（*nēberu*）はマルドゥクの星である木星。ほかの星の位置はすべて木星から判断されるという意味。
（8）ネーベル。
（9）字義どおりには「門を強くした」。
（10）原文「彼女の腹」。「腹（*kabattu*）」は狭義には「肝臓」。ここでは、天蓋を造ったティアマトの半身（第四書板137−138行）を指すか。
（11）原語は ^{d}NANNA-*ru*. シュメル語の月神ナンナ（^{d}NANNA）とアッカド語で「光」を意味する *namaru* とが重なって「月」を表すようになった。アッカド語で月神はシン（^{d}Sin）。

13 彼はこれを夜の飾りと決めて、昼を定めさせ[1]、
14 月ごとに、やむことなく、冠をもってこれを高めて[2]、
15 （言った、）
「月初めに国を照らすなかで、
16 あなたは角[3]をもって輝く、日々の呼び名を定めるために。
17 七日には、冠は［半］分となり、
18 十五日には、あなたは[4]対峙する、［月ご］との半ばに。
19 太陽が、地平線であなたを［眺めた］ときには[5]、
20 ……で充溢《じゅういつ》せよ[6]、そして欠けてゆけ[7]。
21 ［二十九日］には、太陽の軌道に近づけ[8]。
22 ……［三］十日には対峙し、太陽と同等になるように[9]。
23 ［私が］しるし［を定めた］、その道に沿って行け[10]。
24 …［………に］近づけ、裁きを裁け[11]。
25 …［…………］暴力を［……］[12]。

（12）旧約聖書の天地創造物語でも、「小さな輝くもの（＝月）に夜を司らせた」と記す（創世記一章15節）。

（1）夜間を定めることによって。

（2）この場合の「冠」は満月のこと。CAD A II 156b は動詞を *eṣēru* D「印づける」と理解するが、*ṣiāru* D「高める」と読む（フォスター、ランバート）

（3）「角」は三日月を指すが、ここでは月の明るい部分。太陰暦の世界では、それによって日にちが判断される。

（4）「太陽と」が省略。「対峙する」と訳した動詞形 *šu-tam-ḫu-rat* は *šutamḫurāta* の語尾母音省略形。

（5）沈む太陽が昇る月を迎えるとき。次注参照。

（6）ランバートは「……」の部分を *ina* [*s*]*i*-[*i*]*m-ti* "in all the proper stages" と読むが、「帰属、身分」を表す名詞 *simtu* が前置詞 *ina* とともに副詞句として用いられる事例はほかに知られていないので、訳出は留保。「充溢せよ」という訳は CAD Š III 396a（*šutakṣibam* "to reach fullness"）をふまえる（第七書板121行「満ち溢れ」）。フォスターは wane, ランバートは diminish. いずれ月が欠けることを前提にした訳語。しかし、西に沈みかけた太陽が東に出る月を「見る」、すなわち、完全な日没直前に東から月が出る場合、月は満月（月齢十三から十五までの間）となる。

（7）字義どおりには「後ろを輝かせよ」。

（8）月の二十九日（アッカド語 *bubbulu*）は、月が太陽と地球の間に位置するので、夜の月が見えない日。新月、より正確には暗月。

（9）月は太陽と同じく、夜にはみられない、ということか。フォスター「三十日の［……］にあなたは太陽と二度目に結びつかねばならない」、ランバート「……三十日、結ばれ、太陽と張り合え」。

（10）マルドゥクが月の運行を定めたことをいう。行の前半部欠損のため詳細不明。

（11）原文 *di-na di-na*. 最初の *di-na* は動詞 *diānu*「裁く」の命令形、後の *di-na* は名詞 *dīnu*「裁き、裁判」の対格。

（12）ランバートは『エヌマ・エリシュ注解』（K 7038, pl. 35）文書から、本行の *ḫa-ba-la*「暴力を」に先行する部分を ᵈUTU *tum₄-ma-tú d*[*a-a-ka*]と補い、"Šamaš, constrain [murder] and violence" と訳す（*tummātu* は語尾が異例）。

（以下、46行までは各行の冒頭がわずかに残るのみで、行の大半は欠損するが、ここまでマルドゥクが月に命じて一カ月の秩序を定めたように、太陽もしくは太陽神シャマシュに命じて、一日および一年の時間的秩序を確立したことが記されていただろう[1]。）

47 ティアマトが［……吐き出した］吐瀉物《としゃぶつ》[2]をもって、
48 マルドゥク[3]は［…………を］生じさせ、
49 それらを集めて[4]、雲として仕上げた[5]。
50 風が立つこと、雨を降らせること[6]、
51 霧を立ちこめさせること、彼女の毒を積み重ねること[7]、
52 これらを自らに定め、自らの手に摑ませた[8]。
53 マルドゥク[9]は彼女の頭を据えて、塵《ちり》を注ぎかけ[10]、
54 深淵の泉を開くと[11]、それは水で満たされた。

（1）29行「太陽」、36行「二十九日」、37行「定め／指示を……した後」、38行「輪郭」、39行「彼は昼を設けた」、

40行「年が［……と］等しくなるように」、41行「新年に」、42行「年が」、43行「確かであるように」、44行「出っ張りのある門が」、45行「昼を［……した］後」、46行「夜と昼の見張り」などが読める。

（2）「吐瀉物（*rupuštu*）」とは口から周りに広げる唾液や口泡など。ここではティアマトが吐き出した「毒」（本書板51行）のことか。

（3）ニネヴェ版の一写本（K 3445+）ほかはマルドゥクをアンシャルに変え、マルドゥクの創造の業をアンシャルに帰し、それがアッシリアの主神アッシュル（An-šár = Aššur）の業であることを示唆する。センナケリブ時代（もしくはそれ以前）のアッシリア国粋主義を反映。以下、109、113、117行などでも。

（4）「それらを」は翻訳上の補い。「集めて」は「丸めて」とも。

（5）原語 *ú-šá-aṣ-bi-*˺: 同一の動詞形は63行にも。AHw 999b は *sabāʾu* Š "wogen lassen". CAD S 3b もこれを受け継ぐが、63行のそれは *ṣubbû* を示唆。AHw も CAD も *ṣubbû*（「遠くから見る」、Št で「計画通り実行する」）のŠの用例を提示しないが、フォスターとランバートは翻訳からみて *ṣubbû* Š を想定。試訳もそれにならう。

（6）原文 *ka-ṣa-ṣa*「雨を」を AHw 459a は *ka-ṣa-a*「冷たいものを」の誤記とみる、CAD K 263a は「雨（ないし降り注ぐもの）を」。

（7）ティアマトの「毒」は第一書板136行、第四書板53行など。「積み重ねる（*kamāru*）」は Gt で雪が「積もる」ことを表すので、フォスターはここに「（雪として？）」と補う。ランバートは、先行する不定詞句の言い換えと理解。

（8）マルドゥクが気象現象を創造し、おのれの権限内に収めたこと。

（9）原文「彼」。

（10）「塵（˹*i-pi*˺-[*r*]*i*）」は *MCG*, p. 118 による。以下、58行まで、ティアマトの肢体各部を用いた地上環境の整備。

（11）「深淵の泉」と訳したナグブ／ナクブ *nagbu*/*naqbu* は地下の深淵（*apsû*）に横たわる水を意味し、その水が地上に湧き出ると泉になる。マルドゥクは呪禱文書などで、エアと並んで、「ナグブの主」と呼ば

55 彼女の両眼から、ユーフラテス河とティグリス河を開き[1]、
56 彼女の鼻孔をふさいで[2]、［……を］残した。
57 彼は、彼女の乳房に遠い［山］[3]々を積み上げ、

58 給水をもたらすためには、井戸を掘った。

59 マルドゥク[4]は彼女の尾をひねり、巨綱《きょづな》として繋いだ[5]。
60 ［………］アプスー、下は彼の足もとに。
61 彼女の［太］腿を［据え付けると］、それは天にはめ込まれ[6]、
62 ［彼女の半身を］天蓋《てんがい》とし、地を固定した[7]。
63 ティアマトの肢体をもって[8]、その業《わざ》を仕上げた[9]［後］、
64 網を［広げ］て、全員を逃れさせた[10]。
65 彼は天と地を形づくり[11]、……［……］、
66 ［……］それらの繋ぎは[12]……のように巻かれた。

67 マルドゥク(13)は自身の祭儀を考案し、［自身の］儀礼を定めてから、
68 ［鼻《はな》］綱《づな》(14)を繋ぎ、それらをエアに取らせた。

れる。

（1）ティアマトの両眼をユーフラテス・ティグリス両河の源泉にした。多くのセム語で「眼」は「泉」をも意味する。ユーフラテスのアッカド語はプラットゥ（Purattu > Euphrates）、ティグリスはイディグラトゥ（Idiglatu > Tigris）。
（2）ユーフラテスとティグリス両河以外に流れ出ないようにするため。
（3）補いは［*šá-de*］*-e*.
（4）原文「彼」。
（5）「巨綱（*durmaḫu*）」はシュメル語（dur. maḫ. dur は「繋ぎ、結ぶ綱」、maḫ は「巨大、偉大」）からの借用語。天と地と地下の冥界を繋ぎとめる綱。第七書板95行を参照。以下、66行まで、マルドゥクによる宇宙（天、地、地下界）の固定が記される。
（6）くさびを打ち込むようにして、天を固定した。
（7）当時の宇宙観によれば、天は丸い平面状の大地を半球状に覆っており、その端の部分が大地を固定する。
（8）原文「ティアマトの内部をもって」。
（9）本書板49行「仕上げた」の注（5）を参照。
（10）網に捕らえたティアマトの配下の神々を釈放した。
（11）「天と地」で全宇宙を表す（創世記一章1節）。
（12）「天地の繋ぎ」。「繋ぎ（*riksu*）」はシュメル語では dur（本書板59行「巨綱」の注（5）参照）。ニップルに É.dur.an.ki「天地の繋ぎの家」と呼ばれる神殿があった（*BTT*, p. 445）。
（13）原文「彼」。
（14）支配の象徴（第一書板72行、第四書板117行）。ここでは宇宙論的に星座（2行）などの配置が念頭におかれるか。宇宙論を背景とした「鼻綱」に関しては *BTT*, pp. 256f., *MCG*, p. 265 など参照。

69 キングーが摑み、運んだ天［命の書板を］[1]
70 取り去り、最上の贈物[2]としてアヌに贈った。
71 彼が掛けていた戦いの［……］を頭に被り、
72 ［……］を彼［の父］祖たちにもたらした。
73 ティアマトが創り、［立ち］上がらせた十一の被造物、
74 彼らの武器を彼は破砕《はさい》し、足もとに閉じ込め、
75 ［彼ら］の像を創り、アプスーの［門に］陣取らせた[3]、
76 それが徴《しるし》となって、後々まで忘れられないために。
77 神々はそれを見て、心を喜ばせ、歓呼した[4]、
78 ラフムとラハム[5]、彼の父祖たちはみな。
79 アンシャルは彼を［抱］擁し、王よ、と歓待の声を上げた[6]。
80 ［ア］ヌとエンリルとエア[7]は、彼に贈物を贈った。
81 生みの母ダムキナは、彼を喜び称えて、
82 ……［をもって[8]］、彼の顔を輝かせた。

83 ダムキナ[9]への贈物を知らせとして届けたウスムー[10]に、

84 マルドゥク[11]はアプスー[12]の大臣職、諸社殿の監督を［委ねた］。

85 イギギ[13]は集まって、そのすべてが彼にひれ伏した。

（1）第一書板157行参照。

（2）原語 *rēš tāmarti*. CAD T 114a 参照。

（3）恐ろしい怪物は、これを外に向けることによって守護の役割を果たす。なお、この場合、アプスーはバビロンに建立されていた同名のマルドゥク神殿を彷彿させる（*BTT*, p. 301）。

（4）第四書板133行に似る。

（5）第一書板10行の注（7）を参照。第三書板4、68行なども。

（6）「王よ」はアンシャルに結びつければ、「王アンシャルは……」（CAD A II 204a）。「歓待の声を上げた」は「歓待（*šulmu*）を公にした」が原意。

（7）アヌ、エンリル、エアについては、第四書板146行の注（1）を参照。

（8）ランバートは［*ina e*］*b-bi tu$_9$-siq$_5$-e* “With a clean festal robe” と読む。ただし、*tu$_9$-siq$_5$-e* という読みは異例である。通常、SIG$_5$ が siq$_5$ と音読みされることはない。また、*tu$_9$-siq$_5$-e* に対応する単語（*tussiqû* / *tūsiqqû* / etc.）は知られていない。他方、tu$_9$ = TÚG = *ṣubātu* は「衣服」を、siq$_5$ = SIG$_5$ = *damqu* は「よい」を意味し、後者はダムキナの名と響き合うが、「よい衣服」という句の用例も知られていない。

（9）原文「彼女」。

（10）ウスムーはエアの伝令神。図像には、ローマのヤヌスのように、前後に顔を持つ二面神として描かれる。

（11）原文「彼」。

（12）エアの神殿。第一書板71行以下を参照。

（13）次行のアヌンナキともども、第二書板121行の注

86 アヌンナキは居並ぶかぎり、みな彼の足に接吻した。
87 ［彼らは集まっ］て、彼ら全体が彼の前に額《ぬか》づき、[1]
88 ［彼の前に］立ち、「これぞ王！」とばかりにひれ伏した。

89 彼の父祖たちである［神々が、］彼を十分に祝うと、[2]
90 ベールはそれを聞いた、鼻はまだ戦いの埃にまみれたまま。
91 ［……］……[3]
92 糸杉の香油で［……］彼は身体を和らげ、
93 彼は［身に］まとった、君主としての衣［装］を、
94 王としての［威光］、畏怖《いふ》を呼び覚ます王冠を。
95 彼は棍棒を掲げて、右手で摑み、[4]
96 ［……を左］手に取った。
97 彼は置いた、…［……］
98 ［……ムシュフ］シュ[5]［の上に］足を据えた。

99 彼は完璧・成就(6)の司杖《しじょう》(7)を彼の脇に掛けて、
100 [……………]……。
101 [王としての]威光を[身にまとった]後(8)、
102 彼の網袋《あみぶくろ》(9)をもって、畏[怖を呼び覚ます]アプスー[を飾り]、

(5)を参照。

(1) 原文「(地面に)鼻をつけ」。
(2) 原意「彼の豊かさを堪能した[後]」。
(3) 行末は「あなたは彼に注意を向けた」と読めるが、二人称は文脈上の意味をなさない。以下、107行まで、マルドゥクが自らを清め、支配の象徴物などを身につけて、玉座に就くことを述べてゆくが、破損部分が多く、詳細不明。
(4) 本行、第四書板37行に同じ。「棍棒」についてはその行の注(2)を参照。
(5) 第一書板141行の注(1)を参照。
(6)「完璧・成就」は *šulmu u tešmû*. 第四書板34行の注(9)を参照。
(7)「司杖」と訳した *ušparu* は *šibirru* / *šipirru* と同義語。元来は羊飼いの杖を意味したが、王は「民の羊飼い」とみなされ、王権の象徴ひいては支配の象徴とされた。ほかの王権の象徴物に関しては、第四書板29行を参照。
(8) 補いは本書板93-94行による。第四書板58行も参照。メランム「威光」については、第一書板68行の注(10)を参照。
(9)「網袋(*azamillu*)」は農産物を入れる袋を指すが、ここでは何を象徴するものかは不明。

103 彼は［……］のように座に就き、［…………］。
104 ［彼の］玉座(1)の間にて［…………］、
105 彼の宮居《みやい》(2)にて［…………］。
106 神々は居並ぶかぎり［…………］、
107 ラフムとラハムは［…………］、
108 口を開いて、イギギの神［々に語った］、
109 「かつて、［マル］ドゥク(3)はわれらの愛する息子であったが、
110 いまや、お前たちの王、彼の命令を心に留めよ(4)」。
111 続いて、彼らは揃って(5)語って言った、
112 「彼の呼称はルガル・ディンメル・アンキア(6)、彼を信頼せよ」と。
113 彼らがマルドゥク(7)に王権を授けたとき、
114 彼に善意と成就の予祝の言葉(8)を語った、
115 「今日より、御身《おんみ》はわれらの聖殿《せいでん》を扶養《ふよう》される方(9)、
116 御身の命令されることを、われらはすべて行おう」。

117 マルドゥク[10]は口を開いて、言った、
118 彼の父祖である神々に言葉を語って。
119 「紺碧《こんぺき》の住まい、アプスー[11]の上、
120 私があなたがたのために建てたエ・シャラ[12]の差し向かい、
121 その床を私が強化した各区域[13]の下に、
122 私は館を建てよう、豊かなわが住まいを。
123 そのなかに、その聖堂を設けて、

---

(1)「玉座(*aštû*)」は他に用例が知られていない単語(CAD A II 475a)。通常は *kussû* を用いる。
(2)「宮居(*simakku*)」は「神の住まい(*šubat ili*)」(CAD S 268b)。
(3)異本アンシャル。本書板48行の注(3)を参照。
(4)「心に留めよ」は通常の *qulā* でなく、*qa-la* と表記。
(5)原文「彼らの集会は」。
(6) lugal.dìm.me.er.an.ki.a. シュメル語表記「王(lugal)、天地(an.ki)の神(dìm.me.er)」の意。第六書板139行の注(1)を参照。
(7)本書板48行の注(3)を参照。
(8)「善意と成就」は *dumqu u tešmû*.「予祝の言葉」については第二書板130行の注(1)を参照。
(9)第四書板11行を参照。
(10)本書板48行の注(3)を参照。
(11)エアの神殿。第一書板71行以下。
(12)エンリルの神殿。第四書板144行と注(10)を参照。
(13)第四書板141行の注(6)を参照。

124 わが聖室を設置し、わが王権を固めよう。
125 あなたがたが天命を定めるため[1]、アプスーから上《のぼ》ってくるとき、
126 この場所が、あなたがたの集会に先立つ宿坊となるように[2]。
127 あなたがたが天命を定めるため、天から降りてくるとき、
128 この場所があなたがたの集会に先立つ宿坊となるように。
129 私はその名をバビロン[3]、偉大な神々の館と呼ぼう。
130 そのなかでわれらは祝祭を催そう、夜半の祝祭[4]として」。
131 彼の父［祖である神々］は、彼のこの［発］言を［聞い］て、
132 ［…………………］……[5]
133 「御身の手が創られたものについて、
134 誰が御身の［ような権限を］[6]もちえましょうぞ。
135 御身の手が創られた領域[7]について、
136 誰が御身の［ような権限を］もちえましょうぞ。

137 御身がその名を呼んだバビロン、(8)

138 そ［こに］われらの［宿］坊を代々《よよ》に据えられよ。

（1）原文 *ana pu-ʾru-si-iʾ*.「天命を」は翻訳上の補い。フォスターは *ana pu-ʾuh-riʾ*「集会に」。

（2）「宿坊（*nubattu*）」は動詞「夜を過ごす（*biātu*）」の派生名詞。「夜半」「夜祭」「宿泊」などを意味するが、ここでは集まる神々が夜を過ごす宿舎。マルドゥクが一年の天命を定める新年祭には、神々がバビロンのマルドゥク神殿に集まって数日を過ごすと考えられた（『神話と儀礼』一一五―一一九頁および巻末の解説を参照）。

（3）バビロン Babilu は古くは Ba(b)bar / Ba(b)bal であったと思われるが、のちに、いわゆる民間語源論的に *bāb-ili*「神の門」（シュメル語表記は ká.dingir.ra^{ki} / ká.diš^{ki}）ないし *bāb-ilī*「神々の門」（シュメル語表記は ká.dingir.meš^{ki} / ká.diš.diš^{ki}）と表記されるようになった（*BTT*, pp. 253-256）。バビロンの別表記 tin.tir^{ki} については *BTT*, pp. 237-241 に詳しい。なお、ニネヴェ版の一写本（K 3445+）に都市名の部分は破損しているが、残存部分からバビロンをアッシリアの主都アッシュル（[^{uru}bal.ti]l^{ki}）に替えていたことがわかる（本書板137行の注（8）を参照）。

（4）「夜半の祝祭（*nubattu*）」は「宿坊」（本書板126、128行）と同一語。126行の注（2）を参照。

（5）以下、150行まで、破損が多く、詳細不明だが、マルドゥクに対する「父祖である神々」の応答と喜びの様子、マルドゥクによる厚意的処遇などが記されていたとみられる。

（6）文脈による補い。次々行でも。

（7）別訳「地面」。

（8）ニネヴェ版の一写本（K 3445+）はアッシリアの主都アッシュル（^{uru}bal.til^{ki}）。「その名」はシュメル語表記。

139 ：［…………］われらの献《ささ》げ物《もの》をもたらしてくれるように(1)。
140 ：［………………………］：
141 誰であれ、われらが［……した］われらの務めを［……する］者は、
142 そこに［て、………］彼の労苦を［負わねばならない］」。
143 彼らは楽しみ、［…………］：［…………］
144 神々は：［…………］：［…………］
145 ［……を］知る彼は、［……をもって］彼［ら］を喜ばせた。
146 彼は［口を］開いて、彼らに光を［示めそ］うとし、
147 ［…………］彼の［発］言は王侯［然と］していた。
148 彼は［……を］広［げ…………………］
149 ［…………］：［…………………］
150 そして［…………………］…………
151 神々は彼の前にひれ伏して、彼に言った、
152 彼らの主、ルガル・ディンメル・アンキア(2)に、彼らは語った、

153 「かつて、主《しゅ》は［われらの愛］する息子であったが、[3]
154 いまや、われらの王、［………をわれらに］与えられよ。
155 ［……をもってわれらを］生かしてくださった方」、
156 …［………威］光、棍棒、司［杖[4]］を［身にまとい］。
157 彼が［あら］ゆる［手腕を駆使して］計画[5]を実行してくれるように。
158 ……［………………………］である、われらは。

（1）主語は三人称複数。誰かは不分明。非人称用法か。
（2）本書板112行の注（6）を参照。
（3）この二行は本書板109–110行をふまえる。
（4）「威光（*melammu*）」は第一書板68行の注（10）、「棍棒（*mittu*）」は第四書板37行の注（2）、司杖（*ušparu*）は本書板99行の注（7）を参照。
（5）マルドゥクが本書板117–130行で語ったバビロン創建の計画。

第六書板

内容

1–38行。マルドゥクによる世界創造の業の仕上げとして人間が創造される。人間創造は神々を労役から解放するためを考えたマルドゥクの提案。それに対して、エアは人間を創造するために一柱の神が殺されねばならないことを述べる。マルドゥクは神々の会議の意見を容れ、ティアマトとの闘いの首謀者キングーを殺害して人間を創造することにする。神々がキングーを殺害し、エアがその血をもって人間を創造し、神々を労役から解放した。

39–68行。マルドゥクのためにバビロンが造営される。マルドゥクが神々（アヌンナキ）を分けて、天界と冥界とを分有させると、神々はマルドゥクのために「聖殿」の建造を申し出る。そこでマルドゥクの指示にしたがい、アヌンナキの神々はバビロンを造営し、ジックラトゥとエ・サギル神殿を建立し、彼ら自身の「住まい」を建てた。

69–100行。バビロンでマルドゥクは「神々の宴」を催し、神々の秩序と「弓」によって天空の運行を定めると、神々はマルドゥクに「神々の王権」の行使を許した。

101–122行。父祖アンシャルはマルドゥクをアサルルヒと呼んで、天上のみならず、地上における彼の主権を祝し、五十の名号をもって彼を称えることを提言する。

123–166行。マルドゥクの属性を示す「五十の名号」がその意味の説明とともに列挙されてゆくが、本書板は九番目の名号までが綴られ、第七書板に続く。

1 ［マル］ドゥクは神々の発言を聞くや、
2 独創的な作品を仕上げようと心に決め、[1]
3 彼の言葉をエアに告げる。[2]
4 彼が心に思ったことを提案する。[3]
5 「私は血を凝縮《ぎょうしゅく》させ、[4] 骨を生み出そう、[5]
6 私はルルーを立たせよう、[6] その名を人間として。

（1）38行で「マルドゥクの独創的な作品が仕上がった」ことを述べる。第四書板136行も参照。「心に決める」は「彼の心を運ぶ」が原意。
（2）エアはマルドゥクの父神。第一書板82–84行参照。
（3）相談をもちかけたのである。ここまで、原文は動詞を現在形で伝える。
（4）字義どおりには「血を結び」。
（5）「出来《しゅったい》させよう」。
（6）ルルー（*lullû*）は原初の人間。『アトラム・ハシース』（Atr.H I 195）や『人間と王の創造』（OrNS 56,

7 私は創り出そう、人間ルルーを。[1]
8 彼らが神々の労役を負い、神々が休息できるように。[2]
9 私は神々のあり方を変え、首尾《しゅび》よく仕上げよう。[3]
10 神々は一つとして重んじられ、二つに分けられるように」。[4]
11 エアはそれに応えて、言葉を告げ、
12 神々の休息のために計画を伝えた、
13 「彼らの兄弟の一人が引き渡され、
14 彼が抹殺《まっさつ》され、人々が形づくられるように。[5]
15 さあ、偉大な神々が集まるように、
16 そして罪の者が引き渡され、彼らが実現するように」。[6]
17 マルドゥクは偉大な神々を集合させ、
18 指示を与えるために、巧みに説得した。
19 彼の口の業《わざ》[7]に神々は注意を傾けた。
20 王はアヌンナキ[8]に向かって言葉を語った、

21 「あなたがたの以前の発言[9]は確かであった。
22 私にも確かな言葉[10]を語ってくれ。
23 闘いを仕掛けたのは誰であったか、

---

pp. 55ff.) でも最初に創られた人間がルルーと呼ばれ、『ギルガメシュ叙事詩』では荒野で創られたばかりの野人エンキドゥがルルーであった(Gil. I 178 et al.)。

(1)「ルルー人間(*lullû-amēlu*)」。

(2) 人間は神々の労働を肩代わりするために創造された。これは『アトラム・ハシース』をはじめとする古代メソポタミアの人間創造神話に共通する人間観。『アトラム・ハシース』ではイギグなどの下級審による労役解消の訴えによる。拙著『神話と儀礼』一九、三三頁および本書「解説」九を参照。

(3) 神々を労役から解放を。

(4)「神々」は原文「彼ら」。神々はすべて人間に重んじられるが、天の神々と冥界の神々とに分けられる。前者の集合神がイギギ、後者の集合神がアヌンナキとなる。

(5) シュメル語とアッカド語両語の神話『人間の創造』では神アッラが、『アトラム・ハシース』では神ウェ・イラが殺害され、その血が人間創造に用いられる。『神話と儀礼』三一—三二頁、本書「解説」参照。

(6)「彼ら」は前々行の「人々」。「実現する」は第四書板22行に同じ。

(7) 第一書板161行注(3)を参照。

(8)「王」はマルドゥクのこと。アヌンナキについては第二書板121行の注(5)を参照。

(9)「発言(*nimbu* = *nību*)」は「呼ぶこと」が原意。

(10)「言葉(*inimmû*)」については第二書板65行の注(6)を参照。

24 ティアマトをけしかけ、戦いを企てたのは[1]。
25 闘いを仕掛けた者は引き渡されなければならない。
26 私は罪を彼に負わせよう[2]、君たちが静かに座していられるように」。
27 偉大な神々、イギギは彼に応えた、
28 彼らの主、神々の王、ルガル・ディメル・アンキア[3]に。
29 「闘いを仕掛けたのはキングー[4]です。

30 ティアマトをけしかけ、戦いを企てたのは」。
31 彼らはキングー[5]を捕縛《ほばく》し、エアの前に拘束《こうそく》し、
32 彼に罪を課して、血管を切り裂いた[6]。
33 エア[7]はその血をもって人間を形づくり、
34 神々の労役を負わせ、神々を解放した[8]。
35 賢明なエアが人間を形づくってから、
36 彼ら[9]は神々の労役をこれに負わせた。

37 この業《わざ》は思慮《しりょ》を超えており[10]、
38 マルドゥクの独創的な着想を仕上げたのはヌディンムド[11]。
39 王マルドゥクは神々を分けた、

（1）「企てる」の原意は「結ぶ」。
（2）別訳「処罰を負わせよう」。アッカド語では、ヘブライ語などと同じく、「罪（*arnu*）」は「罰」をも意味しうる。
（3）この称号については、第五書板112行の注（6）を参照。
（4）第一書板147行以下を参照。
（5）原文「彼」。
（6）原文「彼の血を切り裂いた」。
（7）原文「彼」。
（8）労役からの解放。本書板8行に述べられたマルドゥクの企ての実行。8行の注（2）を参照。
（9）「彼ら」とはエアとマルドゥクか。そうでなければ、非人称用法（＝「神々の労役は彼らに負わせられた」）。
（10）理解もおよばないほど素晴らしかった。第一書板94行に同一表現。シュメル語神話『エンキとニンマハ——人間の創造』やアッカド語神話『人間と王の創造』などでは、最初に創られた人間は「能無し」であったと語られるが、本作品では人間の創造は「理解を超えて」素晴らしかったと称える。『神話と儀礼』七—八、二四頁など参照。
（11）マルドゥクが心に決めた「独創的な作品」の着想（本書板2行）に基づき、ヌディンムド（＝エア）がこの業（＝人間）を仕上げた。

40 アヌンナキのすべてを上と下のふた手に。[1]
41 彼はアヌのために、彼の指示を守るように定め、[2]
42 天界に三百柱[30]の見張りを固め、
43 続いて、冥界《めいかい》[4]のあり方を定め、
44 天界と冥界に六百柱を住まわせた。[5]
45 マルドゥク[6]がそれらすべての指示を整え、
46 天界と冥界のアヌンナキに割り当てを配分すると、
47 アヌンナキは口を開き、
48 彼らの主《しゅ》、マルドゥクに彼らは語った、
49 「いまや、主よ、御身《おんみ》がわれらを解放してくださった[7]からには、
50 御身の前に何をわれらの厚意として示しえようか。[8]
51 その名が唱えられる聖殿をお造りいたしましょう、
52 御身の聖室《せいしつ》を宿坊として、[9]われらがそこに休息できますように。[10]
53 われらが聖殿を据え、その居所[11]を設置いたしましょう。

54 われらが訪れるときには、(12) そこで休息をとりましょう」。
55 マルドゥクがこれを聞いたとき、
56 彼の表情は昼のように、大いに輝いた。
57 「バビロンを造営せよ、それはお前たちが望んだ仕事。

（1）「ふた手」は翻訳上の補い。
（2）「彼の」はマルドゥク（ランバート）でもアヌ（フォスター）でもありうるが、おそらく後者。第七書板6行参照。
（3）「三百」は「五つの六十」と表記。ここでは、神の数をいうので「柱」と補う。
（4）「冥界」は *erṣetu.* 原意は「地」だが、大地の上の「天」に対しては、大地の下の「冥界」を指す。
（5）「冥界」にも、「天界」と同様に三百柱の神々を住まわせた。
（6）原文「彼」。
（7）字義どおりには「われらの解放を据えた」。
（8）字義どおりには「何があなたの前でわれらの善意か」。
（9）CAD P 150b は原文「御身の聖室にわれらの宿坊があるように」を前行「聖殿」の名と読む。
（10）第五書板125-128行で表明されたマルドゥクの計画の実行。「聖室（*kummu*）」については第一書板75行の注（3）、「宿坊（*nubattu*）」については第五書板126行の注（2）を参照。
（11）「居所、場所」は聖所を示唆。第四書板12行。
（12）別訳「われらが完成したときには」。動詞カシャードゥ（*kašādu*）は「到達する」が原意。

58 煉瓦《れんが》が造られるように[1]、聖殿[2]を聳《そび》えさせよ」。
59 アヌンナキは鶴嘴《つるはし》をふるった。
60 一年をかけて、そのための煉瓦を造った。
61 二年目が訪れたとき、
62 彼らはアプスーに対応するエ・サギル神殿[3]の塔[4]を高くした。
63 彼らはアプスーの高いジックラトゥ[5]を立ち上げ、
64 アヌ、エンリル、エア、そして彼[6]の住まいとして固く据えた。
65 彼が堂々と彼らの前に座してみると、
66 その角《つの》[7]はエ・サギラの基礎部分に向いていた[8]。
67 エ・サギル神殿の建立《こんりゅう》[9]を果たした後、

（1）木材と石材に乏しいメソポタミアでは、建物の壁には基本的に日干煉瓦を用い、神殿等の建造物の壁の表面は焼成煉瓦で飾った。

（2）第四書板11行の注（9）を参照。

（3）「神殿」は補い。エ・サギル（É.sag.íl 意味は「頭（sag）を高く掲げた（íl）家（é）」）はバビロンのマルドゥク神殿の名。アプスーはエアが父祖アプスーを殺害して建てた神殿の名（第一書板69–76行）。マルドゥクはそこで誕生した（第一書板79–85行）。第四書板142行では、マルドゥクはエンリルのために「アプスーに対応する」エ・シャラ神殿を建立した。なお、シュメル語とアッカド語の両語で記された神話『エリドゥ創造譚』（CT 13, 35-38, 12-16）には次のような一節がある（ここでエリドゥはバビロンのこと、ルガル・ドゥクガ「聖なる丘の王」はマルドゥクの別称）。そのとき、エリドゥが造られた、エ・サギルが建てられた。

［エ・サギ］ル、ルガル・ドゥクガはそれをアプスーのなかに形づくった。

バビロンは造られ、エ・サギルは完成した。

彼はアヌンナキの神々をことごとく造った。

彼らは彼らの心を喜ばせる住まいを高々と「聖なる町」と呼んだ。

（4）「塔」の原語は「頭」。

（5）ジックラトゥ（*ziqqurratu*）は階段状の高層神殿。シュメル時代から、メソポタミア有数の都市国家に建立されていた。シュメル語では u_6.nir. ネブカドレツァル二世は碑文に、基礎が冥界の胸に固定され、頂きが天にも達するジックラトゥを建立するように、マルドゥクが彼に命じた、と記している（VAB IV. 60. 32-41）。このジックラトゥはエ・テメン・アンキ「天地の基礎なる神殿（家）」と名づけられた。

（6）マルドゥク。

（7）ジックラトゥの先端部分をいうらしい。アッシュルバニパルは碑文に大都市スサのジックラトゥの「角」を切り落とした、と刻ませた（CAD Q 139a による）。「その」を「彼の」と訳せば、マルドゥクの角冠の角とも解せる。

（8）エ・シャラはマルドゥクがエンリル神のために建てた天界の神殿（第四書板144行、第五書板120行）。この一文、主語を「彼」すなわちマルドゥクとみれば、「彼はエ・シャラの基礎部分にその角を眺めた」とも訳しうる（ランバート）。

（9）字義どおりには「仕事」。*MCG*, p. 23 参照。

68 アヌンナキたちすべては、彼ら自身の住まいを建てた。
69 三百柱の天のイギギと、アプスーの六百柱のすべてが集まった。[1]
70 ベールは、彼らが住まいとして造った偉大な高座[2]にて、
71 彼は父祖である神々を宴《うたげ》の席につかせ（て、言っ）た、
72 「これぞバビロン[3]、あなたがたの住まう住まい。
73 ここで晴れやかに歌え、楽しく席につかれよ」。
74 偉大な神々は座し、
75 ビール甕《がめ》[4]を据えて、宴の席に着いた。
76 彼らがそこで晴れやかな歌を奏でた後、
77 畏怖《いふ》を煽《あお》りたてるエ・サギル神殿で、彼らは祈願祭[5]を行った。
78 すべての規律とその概要《がいよう》がしっかり定められ[6]、
79 神々全体は天と地における立場を分け合った[7]。
80 偉大な神々の五十柱は席に着き[8]、

81　天命に関わる神々の七柱は決裁《けっさい》[9]のために任命された。

（1）マルドゥクは神々三百柱をそれぞれ天界と冥界（アプスー）に分けたというので（本書板42–44行）、この六百柱と矛盾する。他方、アヌンナキは六百柱の神々からなる、という伝承資料も伝わる（Kienast, Igigū, Anunnakū und, RlA Bd. V, 40a-b）こともあり、この一文は別の資料からの混入であろうといわれる（*MCG*, p. 124）。
（2）「偉大な高座（bára.mah = *paramāhu*）」は、神の玉座がおかれた「聖殿（bára = *parakku*）」。ウルクのアヌ神のジックラトゥなどもそう呼ばれた。マルドゥクは新年祭八日目に「アキトゥ神殿」に赴き、そこで「偉大な高座」に座す、と伝えられる。
（3）*Ba-ab-i-li*「神の門」と表記。
（4）ビールを汲む大甕。
（5）原語は *taqribtu*（< *qerēbu*「近づく」）。別訳「献納」。嘆きの儀礼などとともに言及されるが、この儀礼がどのような目的で、どのように実施されたのか、詳細は不明。
（6）「規律」は *têrētu*（*têrtu*「指示、指図」の複数）、「概要」は *uṣurātu*（*uṣurtu*「構想、企画」の複数）。ここでは、次行にみるように、神々の配置や役割をいう。
（7）宇宙論的には神々の役割分担をいうが、その一方で、「立場（*manzāzu*）」はエ・サギルのような大神殿において神々の像がそれぞれ安置される場所を指す（*BTT*, p. 369）。
（8）特別の地位を付与された五十柱の神について、ほかの伝承は存在しない。「五十の名」（本書板121行）など、本書では「五十」という数がマルドゥクにまつわる。ただし、神々を数字で表す場合、^{d}50はマルドゥクではなく、エンリル神を指す。
（9）「決裁（*purussû*）」は「天命」の決定に関わるのであろう。この七柱の神がセベットゥ（Sebettu）と呼ばれる「七神」（Wiggermann, "Siebengötter" in RlA 12. Bd. 459b-466a）と関係するのかどうか、不明。

82 ベールは弓と彼の武器を受け取り、彼らの前においた。
83 彼が作った網(1)を、彼の父祖たちである神々は見、
84 その弓がいかに見事に造られているかを見た。
85 彼が成し遂げた業《わざ》(2)を、父祖たちはほめ称《たた》えた。
86 アヌがそれを掲げ、神々の集《つど》いで語ることには、
87 弓に接吻《せっぷん》して、「これぞわが娘」と。
88 彼はその弓を次のように名づけてみせた。
89 「長木《ちょうぼく》(3)」は第一、第二は「当たるべし(4)」、
90 第三の名は「弓星《ゆみぼし》」、彼はこれを天に輝かせ(5)、
91 その位置を、その兄弟の神々(6)とともに固定した。

92 アヌは「弓」の天運《てんうん》(7)を定めた後、
93 神々の間でもひときわ高い王権の玉座《ぎょくざ》を設け、

94 アヌはそれを神々のなかに据えた[8]。
95 偉大な神々は集会を催し、
96 マルドゥクの天命を高めて、ひれ伏した。
97 彼らは自らに呪《のろ》いをかけ[9]、
98 水と油をもって誓い、喉《のど》に触れた[10]。

（1）第四書板41行とその注（5）を参照。「作る」は *epēšu*, 次行「創る」は *banû*.
（2）前行「弓」を指す。
（3）字義どおりには「木は長い（*iṣṣu arik*）」。
（4）字義どおりには「それが届くように（*lū kašid*）」。
（5）マルドゥクが作った「弓」を、天空神アヌは星座として夜空に輝かせた。「弓星（*kakkab qašti*）」はシリウスを除いた犬座とも（AHw 906b-907a）。
（6）「その（=「弓」の）兄弟の神々」とは、夜空の星のことであり、「夜の神々（*ilāni mušīti*）」と呼ばれた。個々の星（主として惑星）のほかに、この「夜の神々」に捧げられた祈禱文書が六点ほど知られる（*UFBG*, S. 427f.）。
（7）原語は「天命」に同じ。
（8）字義どおりには「それ（=「王権の玉座」）を座らせた」。
（9）「自らに呪いをかける」とは、約束を破ったときには「自らに……あれかし」と誓うこと。
（10）「喉に触れる」とは、自らの命に賭けて、といった誓いの象徴行為。「喉（*napištu*）」は「命」と同義。この象徴行為にふれる古バビロニア時代の書簡が知られる（M. Malul, *Studies in Mesop. Legal Symbolism.*

99 彼らはマルドゥク[1]に神々の王権を行使することを許し、
100 彼を天地の神々の主権者として、その前にひれ伏した[2]。
101 アンシャルは彼をひときわ高め[3]、その名をアサルルヒ[4]と呼んだ。
102 (そして言った、)
「マルドゥク[5]の呼称[6]を唱えるため、さあ、額《ぬか》ずこう[7]。
103 彼の言葉に神々が注意を傾けるように[8]。
104 彼の命令は上でも下でも比類なきように。
105 われらのために報復する息子[9]は高められるように。
106 その主権[10]はひときわ高く、肩を並べる者はいない。
107 彼が自ら創りあげた黒頭《くろあたま》[11]たちを牧《ぼく》するように[12]、
108 後々まで、彼の行動[13]を彼らが忘れずに語り継ぐように。
109 彼がその父祖たちのために豊富な供饌《ぐせん》[14]を確保し、
110 彼らを扶養《ふよう》し、彼らの社殿を世話するように。

111 神々に[15]薫香《くんこう》を嗅《か》がせ、人間からの[16]供物《くもつ》で楽しませ、

Neukirchen, 1988, p. 26 n. 69, p. 120 n. 119)。

（1）原文「彼」。
（2）「その前に」は翻訳上の補い。原文「……神々の主権に彼らはひれ伏した」。
（3）「彼を」は翻訳上の補い。
（4）アサルルヒ（Asalluhi）はマルドゥクの別称。五十の名号の一つ（本書板147行以下参照）。元来はエリドゥに近い小都市 Ku'ara の神として、マルドゥクとは別の神であったが、エアの息子として系譜化され、マルドゥクの別称となった。アサルルヒ＝マルドゥクは、呪術文書において、知恵の神である父神エアに遣わされ、病を清め、災厄を祓う神として頻繁に言及される。
（5）原文「彼」。
（6）別訳「命令／指示」。
（7）「額ずく」は「鼻をつける」が原義。
（8）本書板19行に似る。
（9）系譜上、マルドゥクはアンシャルの曾孫、アヌの孫、エアの息子。第五書板109行ではラフムとラハムがマルドゥクを「愛する息子」と呼ぶ。
（10）「主権（*enūtu*）」は第三書板49行ではキングーに付与されていた。第四書板82行の注（1）も参照。
（11）「黒頭たち（*salmāt qaqqadi*）」とはシュメル時代からの人間の呼称。シュメル語では sag.gi$_6$.ga という。
（12）「牧する」（字義どおりには「牧羊を行う、羊・山羊を養う」）とは王が民を治めること。王を羊飼い、民を山羊・羊になぞらえた比喩的表現。
（13）原文「彼の歩み」。マルドゥクがティアマトを撃破し、世界と人間を創造したこと。
（14）「供饌（*nindabû*）」はシュメル語からの借用語で、神々に食事として供える供物。
（15）「神々に」は翻訳上の補い。
（16）原文「彼女たちの」。107行「黒頭たち」を受ける。

112 天上で行ったのと同じことを、地上でも彼が行うように。[1]
113 彼が黒頭たちに自分を畏《おそ》れ敬《うやま》わせるように。[2]
114 臣民たち[3]は賢く判断し、彼らの神に呼ばわるように。
115 彼の言葉によって、彼らが女神にも[4]注意を傾け、
116 彼らの神と彼らの女神[5]が供饌《ぐぜん》を受け入れるように。
117 彼らが忘れることなく、彼らの神を保持して、[6]
118 彼らの国[7]が現れ、彼らの聖殿が造られるように。[8]
119 黒頭たちが神々によって分かれるように。[9]
120 われらには、呼んだ名のそれぞれがわれらの神であれ。[10]
121 さあ、われらは彼の五十の名を呼ぼう。[11]
122 彼の歩みは輝かしくあるように、彼の行動もまた同じく。
123 （1）マルドゥク。[12]
それは彼の出生から父祖アヌが名づけたもの。[13]

（1）天上の出来事は地上の出来事の雛形となる。

（2）「畏れ敬う」と訳したパラーフ（*palāḫu*）は「恐れる」「畏れる」とも「敬う」とも訳せる動詞。セム語では神への信仰を「畏れ（アッカド語 *puluḫtu*）」と表現する（旧約聖書でも）。

（3）原語バウラート（*ba'ulātu*）は「支配された者たち」が原意。人間のこと。

（4）「女神」はイシュタル。イシュタル（Ištar）は固有名イシュタル女神であると同時に、「女神」という意味でも用いられる。

（5）「彼らの神と彼らの女神」とは個々人の守護男神と守護女神を指す。メソポタミアの人々は、神殿で祀られ、社会的機能を有する神々とは別に、一定の配偶男女神を個々人の守護神としてあがめていた。この守護神はときに個人の願いなどを偉大な神々にとりつぐ役割も果たしていた。この個人的な守護神への祈禱文も残されている（*UFBG*, p. 388）。

（6）ランバートは、本書板116–118行は本文が正確に伝わっていないとみる（"hoplessly corrupt"）。

（7）原語 *mātu*「国」はここでは「聖なる地域」を意味するか（AHw 634b: etwa "heiliger Bezirk"? CAD M I 419b: "open places"（for cultic purpose））。ランバートは翻訳断念。

（8）「造られる」は *epēšu*（「造る」）の Gt 語幹（AHw には *epēšu* の Gt 語幹の掲載なし）。

（9）人間集団は崇拝する神によってそれぞれ分かれる。旧約聖書申命記三二章8節参照。「黒頭たち（＝人間）」については107行の注（11）を参照。

（10）123行以下でわれらが様々の名で呼ぶ神はわれらの神（マルドゥク）である。旧約聖書ミカ書四章5節にこれに近い言葉がみられる。

（11）以下、マルドゥクの五十の「名」が綴られてゆく。「呼ぶ」は「名づける」ということ。

（12）マルドゥクからはじまる五十（第七書板140行、エアを含めれば五十一）の名号は、語呂合わせ、シュメル語表記の解釈などによって、説明されてゆく。

（13）第一書板89–102行、とくに101行とその注（7）を参照。

124 牧草と飲み水を備え、人々の家畜小屋を豊かにされる方。[1]
125 その武器、洪水をもってひそむ敵どもを捕縛し、[2]
126 父祖である神々を困難から救った方《かた》。[3]
127 子であり、神々の太陽であり、最も輝く彼、[4]
128 その輝く光のなかを、いつまでも神々が歩むように。
129 彼が創った人々、生命をおかれた者たちに
130 神々の労役を負わせ、神々は休息をとった。[5]
131 建てることと壊すこと、[6] 赦すことと罰することは
132 彼の命令によって起こり、彼らが彼を見つめるように。
133 (2) マルッカ[7]
彼こそ人々を[8]創った神である。
134 アヌンナキの心を和《なご》ませ、イギギを休息させる方。[9]
135 (3) マルトゥック[10]
国と町と人々の信頼の的であるように、[11]

136 彼を人々は後々までも心に留めるように、[12]
137 （4）メルシャクシュウ[13]
怒りながらも熟考《じゅっこう》し、[14] 憤りながらも和《やわ》らがれ、

（1）牧羊の保全。「人々の」の原文は「彼女たち（＝119行「黒頭たち」を女性複数形で受ける）」。
（2）第四書板49、75行で「洪水」をマルドゥクの偉大な武器とする。「ひそむ敵ども（*šāpûtu*）」は動詞 *šapû*「黙る」からの派生名詞。ランバート（"the boastful"）は *šābûtu* と読む（＜ *šebûtu*「満足した」?.）。
（3）マルドゥクによる人間創造の発案をエアが実現させ、神々を労役から解放したことを念頭におく。
（4）マルドゥク（^{d}Marduk）は ^{d}Amar.utu と表記され、マル（mar）と「子（*māru*）」をかけ、ウトゥ（utu）と「太陽」のシュメル語 Utu を重ねる。マルドゥクという名については、第一書板101-102行とその注（7）を参照。
（5）人間を創造したのはエアであるが（本書板33-36行）、その構想はマルドゥクによる（本書板7-9行）。
（6）第四書板22行を参照。
（7）^{d}Ma.ru.uk.ka.
（8）原文「彼ら」。
（9）本書板10行の注（4）を参照。
（10）^{d}Ma. ru. tu. uk. ka.
（11）「信頼の的（*tukultu*）」は別訳「助け手」。この語の tuku 音がマルトゥックの tukku 音と響きあう。
（12）別訳「世話をするように」。献げ物をもって祭儀を挙行するように、との意。
（13）^{d}Mer.šà.kúš.ù.
（14）^{d}Mer.šà.kúš.ù. のシュメル語メル me/ir（＝šúr）が「怒り（*ezzu*）」を、シャ（šà）が次行「心（*libbu*）」を意味する。

138 その心は広く、思いは寛大。
139 (5) ルガル・ディンメル・アンキア。[1]
　われらが集会で名づけた彼の名。
140 彼の父祖である神々にまさって、彼の言辞をわれらは高めた。
141 たしかに、彼が天地のあらゆる神々の主《ぬし》であり、
142 彼の指図[2]を、天上でも天下でも神々が畏《おそ》れる王である。
143 (6) ナリ・ルガル・ディンメル・アンキア。[3]
　われらが語った彼の名、神々すべてを見守る方。
144 彼は天地において、困難のとき、われらの住まいを据え、
145 イギギとアヌンナキにそれぞれの立場を分け与えた。[4]
146 彼の名に神々が震え、住まいでおののくように。
147 (7) アサルルヒ。[5]
　彼の父祖アヌが名づけた彼の名。[6]
148 たしかに彼は神々の光[7]、力強き第一人者。[8]

149 彼は、その名のように、神と国の守護霊(9)として、

(1) ^{d}Lugal.dim.mer.an.ki.a「王、天地の神」。すでに第五書板112、152行に用いられたマルドゥクの別称。その意味については第五書板112行の注(6)を参照。バビロンの新年祭において、新年八日目から十一日目まで、マルドゥクとバビロンに集まった神々はアキトゥ神殿に赴き、「聖なる丘(du_6.kù)」において世界の「天命」を定めたが、とくにその際、マルドゥクにルガル・ディンメル・アンキアという別称が用いられた。その典拠に関しては、*BTT*, pp. 286ff. に詳しい。

(2)「指図(*taklimtu*)」は「顕示」が原意(< *kullumu*「見せる、示す」)。CAD A I 105b では appearance「姿」。

(3) ^{d}Na.ri.lugal.dim.mer.an.ki.a. ナリ以外は139行に同じ。ナリ(na.ri)の意味は不祥。

(4) 本書板79行を参照。

(5) ^{d}Asalluhi. すでに101行でマルドゥクはそう呼ばれた。その注(4)を参照。

(6) 本書板101行によれば、アヌではなく、アンシャルがマルドゥクをアサルルヒと呼んだ。

(7) マルドゥクは、太陽神シャマシュと並んで、バビロニアのほかの碑文などでもしばしば「神々の光」と呼ばれる(CAD N II, 348a-b)。

(8)「第一人者」はアシャレードゥ(*ašarēdu*)がふつう。ここではゲシュトゥ(*geštû*)。この単語の用例は他に知られていないが、これがシュメル語からの借用語で、アシャレードゥと同義であることはシュメル・アッカド語『辞典文書』により知られる。CAD G 64a を参照。

(9)「守護霊」と訳したラマッス(*lamassu*)(シュメル語 ^{d}Lamma)は人間に好意的な霊力として種々に表象された。図像としては、アッシリアの宮殿の入り口を守る二体の巨大な人頭牛身像(^{d}Alad.^{d}Lamma = *aladlammû*)や複数の女神像(Sal.^{d}Lamma.meš)、ウル第三王朝以降の円筒印章に、祈る人物の後で両手を掲げる女神(^{d}Lamma = *Lamassu* / *Lamassatu*)な

150　熾烈《しれつ》な戦いにおいて、困難のとき、われらの住まいを守られた。
151　(8)アサルルヒ・ナムティラ[1]。
　彼らは二番目に名づけた、生かす神[2]、と。
152　その名状《めいじょう》にふさわしく[3]、滅ぼされた神々をみな復位《ふくい》させた方、
153　その清い呪文をもって死んだ神を生かされた主《しゅ》[4]、
154　憎む敵たちを滅ぼした方、彼をわれらは称えよう[5]。
155　(9)アサルルヒ・ナムル[6]。
　それは三番目[7]に名づけられた彼の名。
156　われらの歩みを清める清き主[8]。
157　彼の三つの名[9]を名づけたのは、アンシャルとラフムとラハム[10]、
158　彼らは、彼らの息子たちである神々に語った、
159　「われらは彼の三つの名を呼んだ。
160　われらのように、お前たちも彼の名を語れ」。
161　神々は彼らの発言を喜んで聞き容れ、

162 ウブシュ・ウキンナク[11]にて彼らは会議を催した。

ど。ほかに、王、国、都市、家のラマッスなどが知られる。ここでは、マルドゥクが神々の守護神であるという。

---

(1) ^{d}Asalluhi.^{d}Namtilla.

(2) シュメル語のナムティラ(nam.ti.la「生命を生かす」)の説明。「二番目」とはアサルルヒが繰り返されるから。

(3)「名状」と訳したビヌートゥ(*binûtu*)は「造られたもの」、またその「姿、形」を表す(<*banû*「造る、建てる」)。ここでは、異本(「彼の名」)が示すように、マルドゥクの名「アサルルヒ・ナムティラ」のナムティラを念頭においているらしい(前注参照)。

(4) 狭義には、ティアマト軍に斃された神々を生き返らせた、ということであろうが、アサルルヒ(=マルドゥク)はエアから遣わされ、呪文をもって瀕死の病人を生き返らせる、といった内容の呪禱文書などをふまえる。

(5)「呼ぼう」が原意。

(6) ^{d}min.^{d}Namru. 二本の縦線からなり、シュメル語で数字の「2」を意味するminは「同上(ki.min)」の「同」を表す。具体的には、直前のマルドゥクの名のアサルルヒの部分を指す。したがって、この名はアサルルヒ・ナムル。

(7) アサルルヒが三度目になるから。

(8) ナムル(*namru*)はアッカド語で「輝く(方)」。そこから「清い」が連想。

(9) アサルルヒ、アサルルヒ・ナムティラ、アサルルヒ・ナムルの三つの名。

(10) 三柱の神がそれぞれ一つずつ。ラフムとラハムは、アンシャル同様、太古の配偶二神(第一書板10行)。

(11) Ubšu'ukinnaki. 元来はシュメル語で「(神々の)集会の庭」の意。バビロンの新年祭においてマルドゥクと神々が「天命」を定める「聖なる丘」(本書板139行

163 「われらのために報復する英雄である息子、(1)
164 彼に扶養《ふよう》されるわれらは(2)彼の名を高めよう」。
165 彼らは集会に座し、天命を号呼《ごうこ》し、(3)
166 彼らのあらゆる儀礼のなかで、彼の名を語った。

の注（1）を参照）がおかれたアキトゥ神殿内の場所。バビロンのエ・サギル神殿内にも同名の場所があった。詳細は*BTT*, pp. 270f., 287-291など参照。

（1）本書板105行に用いられた表現。
（2）本書板110行参照（第五書板115行も）。
（3）原意「呼ぶ、名づける」。異本「設定した」。

第七書板

内容

1–136行。前書板から続き、マルドゥクの属性を表す五十の名号とその説明が続く。第十番目アサレから第五十番目「国々の主」まで。「国々の主」は至高神エンリルによる命名。137–162行。以上を聞いた父エアは晴れやかにマルドゥクを祝し、国が繁栄するために、すべてを見通す神マルドゥクの名号が地上でも支配者たちによって受け継がれて、これが唱えられるべきことが明示される。最後の2行（161–162行）は、この作品がティアマトを撃破したマルドゥクの讃歌であることを確認する。

1　(10) アサレ。(1)
畝地《うねじ》を確定して作物栽培を贈ってくださる方、(2)

（1）dAsar.re. 以下のマルドゥクの名号に関しては、詳細な語注がアッシリアで記された。*STC I*, pp. 157-181: Appendix I, II, pls. LI-LXIII. 以下、「注解」と表記して言及。

2 大麦と麻を作り、青草を萌《も》え出《だ》させて。

3 (11) アサル・アリム。[1]

その意見はすぐれ、会議の館[2]で重んじられる方、[3]

4 神々は彼に一目《いちもく》おく、彼への畏《おそ》れにとらわれて。

5 (12) アサル・アリム・ヌンナ。[4]

栄誉を受ける方、[5]［彼を］もうけた父の光。

6 アヌ、エンリル、エア・ニ［ンシ］ク[6]の指示の正しい実践者。

7 彼こそ彼らの扶養者として、彼らの分を割り当てる方、[7]

8 彼は国に潤沢《じゅんたく》の耕地[8]を増し加えられる。

9 (13) トゥトゥ。[9]

　彼は神々の像の修復を果たされる方。[10]

10 彼がその聖屋《せいおく》[11]を清め、彼らが休息をとり、

11 彼が呪文を創り出し、神々が休めるように。

12 彼らが蜂起《ほうき》したとしても、彼が彼らを［退散］させるように。[12]

13 彼が［父祖たち］である神々の集会で高められ、

(2) アサレの sar 音と「贈られた方（*šāriku*）」の *šar* 音、「畝地（*iṣratu*）」の *ṣr* 音が響きあう。「畝地」は「畝（*ugār* / *tamertu* / *šer'u*）」そのものでなく、「畝の輪郭」といった意味合い。

---

(1) ^{d}Asar.alim. シュメル語 alim は次々注参照。
(2) 神々の会議が開催される家。第六書板162行参照。
(3)「重んじられる（*kabtu*）」はシュメル語 alim「重い、重要」に対応するアッカド語。
(4) ^{d}Asar.alim.nun.na.
(5) アサル・アリム・ヌンナのヌン（nun）はアッカド語「君主（*rubû*）」のシュメル語。それが「栄誉を受ける方（*karūbu*）」の *rūbu* に通ずる。
(6) 原文「エアそしてニ［ンシ］ク」。ニンシク（Ninšiku, Niššiku）はエアの別称。シュメル語表記（^{d}Nin-ši-kù「明るい眼の主」）は二次的で、西セム語の「君主（*na(s)sīku*）」に由来するという（RlA Bd.9, 590a）。アヌ、エンリル、エアの三大神については、第四書板146行の注（1）を参照。
(7)「彼ら」は神々。
(8)「潤沢の耕地を（*šukussu ḫe(n)galla*）」は解釈の分かれる句。フォスター／ランバートは *šukussu*「彼の冠／ターバン」（tiara）と解し、これを主語とみる。しかし、マルドゥクの被り物が国を潤沢にするとは考えにくいので、AHw 1266b: "Unterhaltsfeld" を採る（CAD Š III 238b: *šukūsu* = *šukussu* も）。*ḫe(n)gallu*「潤沢」はシュメル語（ḫé.gál）からの借用語（本書板21行「豊かさ」に同じ）。
(9) ^{d}Tu.tu.「注解」は tu を bānû「創る者」、banû「創る」、edēšu「修復する」などと説明。
(10) そのまま訳せば「彼らの修復を造る者」。
(11) 第四書板12行に用いられた語。その注（10）を参照。
(12) 字義どおりには「彼らの［胸］を翻すように」。第一書板140行注（11）を参照。

14 神々のうち、誰も彼と肩を並べる者がないように。
15 (14) トゥトゥ・ズィ・ウキンナ。[1]
［彼の］軍勢《ぐんぜい》の生命。
16 彼は神々のために清い天を確立させて、
17 彼らの歩みを制御し、［彼らの立場を］割り当てられた。
18 彼は群雲《むらくも》の間[2]で忘れられず、［彼の］業《わざ》を［保持するように[3]］。
19 (15) トゥトゥ・ズィク。[4]
彼らは三番目[5]に名づけた、聖性を保持する方、[6] と。
20 心地よい風の神、聞き届けて成就してくださる主《しゅ》、[7]
21 富と財をあらしめ、豊かさを確かにされる方。
22 彼は欠乏するわれらすべてを充足へと変えてくださり、
23 困難のとき、われらは彼の心地よい風を感じとる。[8]
24 語るがよい、彼をほめ称《たた》え、彼への讃美を表するように、[9] と。
25 (16) トゥトゥ・アガ・ク。[10]

四番目に、人々(11)が称讃《しょうさん》するように。
26 清い呪文《じゅもん》の主《ぬし》、死者を生かす方。(12)
27 彼は捕縛《ほばく》された神々に憐れみをかけ、(13)
28 敵の神々に負わされたくびきを取り除き、

（1）^{d}Tu.tu.^{d}Zi.ukkin.na. シュメル語で zi は *napištu*「生命」、ukkin は次行 *ukinnu*「確立させて」と響き合う。
（2）「群雲」の原意は「曇った／雲に覆われた」。ふつうは「人々（*nišū*）」を伴って「多くの人々（↓「群雲のような人々」新約聖書ヘブライ人への手紙一二章1節）を表す。ここでは「人々」を省略した言い方。
（3）第六書板117行をふまえる。
（4）^{d}Tu.tu.^{d}Zi.kù. zi については次々注を参照。シュメル語 kù はアッカド語 *tēliltu*「聖性」に対応。
（5）トゥトゥの三番目。
（6）「注解」書（S. 11+）は zi を *ka-a-nu*（D語幹で「確立する」）と説明。それは *mukil tēlilti*「聖性を保持する方」を *mukin tēlilti*「聖性を確立した方」と伝えるテクストがあったことを示唆。
（7）原意「聴取と同意の主」。
（8）原意「嗅ぐ」。
（9）原意「彼への讃美を称えるように」。目的語と動詞を同一語根語で表すセム語的用法。
（10）^{d}Tu.tu.^{d}Aga.kù. シュメル語で aga.kù は「輝く／清い冠（＝ *agû ellu*）」。次行「清い」に通じる。
（11）「人々」は *nišū* が一般的。ここでは文学的な *abrātu* が用いられる。
（12）第六書板153行をふまえる。「死者を生かす」とは瀕死の病者を癒すこと。死人の蘇生ではない。
（13）第六書板152行をふまえる。

29 彼らを解放するために人間を創られた。[1]
30 憐れみ深く、生かすことは彼のはたらき、[2]
31 彼の言葉が確かにされ、忘れられることのないように、
32 彼の手が創った黒頭《くろあたま》たち[3]の口から。
33 (17) トゥトゥ・トゥク。[4]
五番目に、彼の清い呪文が彼らの口にのぼるように。
34 彼はその清い呪文によってあらゆる邪悪を祓《はら》われた。
35 (18) シャズ。[5]
神々の心を知る方、彼は思いを吟味し、
36 悪を行う者を自分のもとから逃さない。[6]
37 神々の集会を確立し、彼らの心を和《なご》ませる方、[7]
38 服従しない者を屈服させる方、彼らを包む庇護者《ひごしゃ》。[8]
39 真実を正し、不実の言葉を斥《しりぞ》ける方として、
40 彼は自身の場所で虚偽と真実を判別された。[9]

41 （19）シャズ・ズィスィ(10)。
二度目に、(11) 蜂起する者たちを鎮める方、と彼らが称え続けるように。
42 父祖である神々の身体から硬直《こうちょく》(12)を取り除く方。
43 （20）シャズ・スフリム(13)。
三度目、武器をもって敵のすべてを斥《しりぞ》ける方。

（1）第六書板34–36行を参照
（2）字義どおりには「生かすことは彼のもとにある」。
（3）「黒頭たち（人間）」については、第六書板107行の注（11）を参照。
（4）^{d}Tu.tu.^{d}Tu$_{6}$.kù. シュメル語で tu$_{6}$.kù は「輝く／清い呪文（= *šiptu elletu*）」。
（5）^{d}Šà.zu. シュメル語で šà は「心」、zu は「知る」。
（6）原意「出させない」。
（7）第六書板134行などをふまえる。
（8）「包む」は「広い」が原意。
（9）マルドゥクのもとでの法廷を念頭におく。
（10）^{d}Šà.zu.^{d}Zi.si. ^{d}Šà.zu は ^{d}min と表記。min については第六書板155行の注（6）を参照。シュメル語 zi は *tebû*「蜂起する」。si は *šuppû*「鎮める」（AHw 1177b）および *šuḫarratu*「硬直」に対応。
（11）シャズが二度目の意。以下、55行の（23）シャズ・ザハグリムまで「シャズ」が続く。
（12）恐怖を覚えて身体がこわばること。
（13）^{d}Šà.zu.^{d}Suḫ.rim. ^{d}Šà.zu は ^{d}min と表記。前掲注（10）に同じ。シュメル語 suḫ はアッカド語 *nasāḫu*「斥ける」に、rim（= nígin）は *napḫaru*「みな、すべて」に対応。

44 彼らの策略《さくりゃく》を蹴散《けち》らし、風に帰してしまう方。
45 彼に立ち向かう邪悪な者たちをみな吹き消す方、
46 神々が集会でつねに楽しむように、と。
47 (21) シャズ・スフグリム。[1]

四度目に、父祖である神々に従順《じゅうじゅん》さを打ち立てる方。

48 敵どもを斥け、その末裔《まつえい》を絶滅《ぜつめつ》させ、
49 彼らの業《わざ》を蹴散らし、何も残させない方。
50 彼の名が国で唱えられ、発せられるように。
51 (22) シャズ・ザハリム。[2]

五度目に、後の世代は論議するように。

52 あらゆる仇《あだ》、従わない者たちすべてを絶滅させる方。
53 彼はあらゆる逃亡の神々を社殿に入らせた。
54 この彼の呼称が固く据えられるように。
55 (23) シャズ・ザハグリム。[3]

六度目に、このように、すべからく、讃美するように。

56 彼はあらゆる敵を戦いにおいて絶滅させた。

57 （24）エンビルル。[4]

彼は彼らを豊かになさる主《しゅ》。[5]

58 力強き方、彼らに呼ばれ、供物《くもつ》を供えられる方。

59 彼は牧羊と給水を整え、[6] 国のために堅く据え、

60 井戸という井戸を開き、豊かな水を分け与えられた。

（1）^{d}Šà.zu.^{d}Suḫ.gú.rim. ^{d}Šà.zu は ^{d}min と表記。シュメル語 suḫ および rim については本書板43行の注（13）を参照。gú は *mātu*「国」（50行）に対応。

（2）^{d}Šà.zu.^{d}Záḫ.rim. ^{d}Šà.zu は ^{d}min と表記。záḫ は *ḫulluqu*「絶滅させる」に対応。mim については43行の注（13）を参照。

（3）^{d}Šà.zu.^{d}Záḫ.gú.rim. ^{d}Šà.zu は ^{d}min と表記。záḫ については前注、gú については前々注、rim については43行の注（13）を参照。

（4）^{d}En.bi.lu.lu. シュメル語で en は *bēlu*「主」、bi は *šū*「彼」、lu.lu は *duššû*「豊かにする」に対応。つまり、エンビルルは、それに続くアッカド語の呼称のシュメル語表現。

（5）原意「芽生えさせる」。

（6）第六書板124行をふまえる。

61 （25）エンビルル・エパドゥン。[1]
彼は耕地と灌漑溝《かんがいこう》[2]の主《ぬし》、と二度目に[3]［彼らが唱える］ように。
62 天と地の灌漑管理者、[4]畝《うね》の設定者、
彼は国のために、荒野《あらの》[5]に清い農耕地を設け、
63 水路と運河[6]を整え、畝[7]を描かれた。
64 （26）エンビルル・グガル。[8]
神々の水路の灌漑管理者、と三度目[9]に彼らが称《たた》えるように。
65 潤沢《じゅんたく》、充溢《じゅういつ》、豊富な収穫の主。[10]
66 富と豊かさを確保し、世界[11]を富ませる方。
67 穀草[12]を与え、穀物[13]をもたらす方。

（1）^{d}En.bi.lu.lu. ^{d}E.pa$_5$.dun. ^{d}En.bi.lu.lu は ^{d}min と表記。En.bi.lu.lu については57行の注（4）を参照。シュメル語 e は *iku*「水路」、pa$_5$ は *palgu*「運河」、dun は *herû*「掘削する」に対応。ただし、動詞 *herû* は以下では用いられない。

（2）「耕地」は *namû*.「牧草地」でもありうるが、文脈から「耕地」と訳す。「灌漑溝（*atû*）」はランバートにならう。このアッカド語の正確な意味は不明。

CAD A II 518a: "a flood (?)"(→フォスター)。

(3)エンビルルが本書板57行に次いで二度目。

(4)「天と地の灌漑管理者」はふつう嵐の神アダドの称号。それがマルドゥクのそれとされる。「灌漑管理者(*gugallu*)」については本書板64行の注(8)を参照。「天と地の」との表現は、地上の事象が天界の事象と二重写しであることを示唆。

(5)「荒野(*ṣēru*)」は町を囲む耕地の周辺にひろがる未開墾地。

(6)灌漑用の「運河(*palgu*)」はヘブライ語の*peleg*「水路」に同じ(詩篇一章三節)。

(7)前行の「畝」は一般的なアブスィンヌ(ab.sín = *absinnu*)。ここは*apkisu*.

(8) ^{d}En.bi.lu.lu. ^{d}Gú.gal. ^{d}En.bi.lu.lu は ^{d}min と表記。シュメル語 gú.gal は「灌漑管理者」を意味し、そのままアッカド語*gugallu*として受け継がれた。

(9)エンビルルが三度目。

(10)本書板8行を参照。

(11)アッカド語は*dadmū*= 人間の住む場所。狭義には特定の地域、広義には世界。

(12)アッカド語は*šu'u*. CAD Š III 416a-417aでは「ひよこ豆」、ひいては「豆類一般」。CAD A II 451aでは「エンマー麦」。ただし、穀物の限定詞(še)が付される用例も多いので、穀物と解する(AHw 1294b「穀物の一種」)。「穀草」と訳したのは、「穀物」が続くから。次注も参照。

(13)穀物一般を指すアッカド語*ašnan*は活用せず、経済・行政文書などには用いられない特殊語。由来不明。シュメル語表記は ^{d}ézina = ^{d}ŠE.TIR. 用例には神格決定詞(^{d}=dingir)が付されることが多く、『ラハルとアシュナン』と題されるシュメル語の神話風「対論文学」によれば、ラハル(^{d}Laḫar. 神格化された*laḫru*「母羊」)とアシュナン(^{d}Ézina)とが「聖なる丘(dù.ku$_6$)」で創られ、牧羊がラハルに、農耕がアシュナンに委ねられたという(『神話と儀礼』一〇一一一頁参照)。アシュナンと対で言及される ^{d}Laḫar(^{d}U$_8$)は「母羊」を指す(本書板79行参照)が、前注で触れた*šu'u*には、「羊」を意味する同音意義語があり、こちらを採れば、本行は「羊を与え、穀物をもたらす方」と訳しうる。

68 (27) エンビルル・ヘガル。[1]
人々のために潤沢な富を積み重ねる方、と四度目[2]に彼らが言うように。
69 広い地上に豊穣《ほうじょう》を雨と降らせ、青草[3]を繁茂《はんも》させる方。
70 (28) スィルスィル。[4]
ティアマトの上に山（々）を積み重ねた方、
71 ティアマト[5]の亡骸《なきがら》を武器で切《き》り刻《きざ》んだ方、[6]
72 国の守護者、彼らの真実な牧者《ぼくしゃ》。[7]
73 彼には耕地、畑地、またその畝《うね》が贈られた。[8]
74 彼は怒りをもって広大なティアマト[9]を行《ゆ》き巡《めぐ》り、
75 彼女との戦場を橋のように渡り続けられた。
76 (29) スィルスィル・マラハ。[10]
二度目に[11]、彼らは名づけた、このようにあれかし、と。
77 ティアマトは彼の船、彼はその船乗り。
78 (30) ギル。[12]

穀物の積み重なる、みごとな丘を築く方。

79 穀物と母羊(13)を創り、国に種(14)を与える方。

（1）^{d}En.bi.lu.lu. ^{d}Ḫé.gál. ^{d}En.bi.lu.lu は ^{d}min と表記。シュメル語 ḫé.gál「潤沢」はそのままアッカド語 *ḫegallu*「潤沢（の富）」として受け継がれた。

（2）エンビルルが四度目。

（3）「青草」（*urqītu*）は「緑」が原意。

（4）^{d}Sirsir. 文字 sirsir は BU を重ね、AB を付す。これが以下75行までのどのアッカド語と対応するのかは不明だが、*šē/ir'u*「畝」（73行）と響き合う。

（5）ティアマトは前行の Tiamat に対して、本行では Tawātu と表記。

（6）「切り刻む」は šālu.「略奪する」が原意。第四書板129行以下をふまえる。

（7）「あなた（＝マルドゥク）は人類の牧者」（KAR 26, 17）。

（8）本書板1行を参照。「彼に贈られた」は *šar-ku-šu* ないし *šar-ku-uš*（< *šarāku*「贈る」）。AHw 1192a は前者を *šar-tuš-šu*「彼の髪は」と読む（↓ランバート）。文字 ku は tuš とも読める。ただし、*šar-ku-uš* を *šar-tuš-uš* と読むのは不自然。ランバートは本行全体を「彼の髪は育ちゆく作物、彼の冠は畝」と訳す（*šukussu* を「彼の冠」と解する点は、本書板8行の注（8）を参照）。

（9）ティアマトは「海」でもありうる（ランバート "the broad Sea"）。本書板128行に繰り返される。

（10）^{d}Sirsir. ^{d}Málaḫ$_4$. ^{d}Sirsir は ^{d}min と表記。シュメル語 má は船、málaḫ$_4$ は「船乗り（＝*malaḫu*）」。次行参照。

（11）スィルスィルが二度目。

（12）^{d}Gíl. シュメル語 gil は「蓄財」。ここでは「穀物や家畜の豊かさ」に通ずる。

（13）アシュナンとラハル。本書板67行「穀物」の注（13）を参照。

（14）字義どおりには「国の種」。「種（*zēru*）」は植物また人間を含む動物の種。

80 (31) ギリマ[1]。
神々の結合を確かにし、安定[2]を創り出した方、
81 彼らを制御する首杖《しゅじょう》、[3] よきものを取らせる方。
82 (32) アギリマ[4]。
いや高く、冠雪《かんせつ》[5]を取り去り、雪を管理する方、
83 水の上に大地を創り[6]、天界[7]を固く据えた方、
84 (33) ズルム[8]。
神々のために畑を整え、産物を分配される方。
85 割当分と供饌《ぐせん》を与え[9]、社殿を監理される方。
86 (34) ムンム[10]。
天と地の創り主、避難民[11]を正しく導く方。
87 天と地を清める神。それは、二度目に、ズルム・ムとも[12]。
88 彼は、その力強さゆえ、神々の間に比《ひ》「肩《けん》し」うる者はいない。
89 (35) ギシュ・ヌムン・アブ[13]。

あらゆる人間(14)を創り、地上世界(15)を造られた方。

（1）^{d}Gilim.ma. gilim は gil と同一文字。シュメル語で ^{giš}gilim は「閂」。

（2）「安定（*kinātu*）」は「真実」「持続」などを表す *kittu* の複数形。

（3）「首杖（*rappu*）」は「くびき」ではなく、動物の首を軽くたたいて導く小杖。

（4）^{d}A.gilim.ma. シュメル語でaは「水」。

（5）原語 *agû* は「冠」。文脈から「雪」を補う（CAD Š I 242a-b）。

（6）古代西アジアでは、地下の水の上に大地が据えられた、と考えられていた。旧約聖書詩篇二四篇2節ほか。

（7）「天界（*elâtu*）」は「高きにあるもの（*elītu*）」の複数形。

（8）^{d}Zu.lum. シュメル語で zu は *idû*「知る」また *mūdû*「知者」を意味するので、「整え（る方）」と訳した *muddû* を *mūdû*「知る（方）」と伝える写本が存在したか。lum は「実らせる」「満ちる」など。「注解」は lum でなく、音で ul（「畑」?）を説明。

（9）神々に。「供饌」は第六書板109行の注（14）を参照。

（10）^{d}Mummu. ムンムはマルドゥクの創造神としての属性を表す。Mummu のそうした性格については第一書板4行の注（4）を参照。

（11）原語 *parsī*. ランバートの注釈にしたがう。

（12）ムンムはズルムの二度目の名としてズルム・ムとも呼ばれる、ということ。

（13）^{d}Giš.numun.áb. シュメル語で giš は「樹木、木」、numun は「種、子孫」。これらが続く二行にどのように反映されているか、不明。áb は「雌牛」だが、同音 ab は *tâmtu*「海」を意味し、ティアマトに通ずる。

（14）字義どおりには「人々」。次行の「人間」も。

（15）「地上世界」のアッカド語 *kibrātu* は *kibru*「岸辺」の複数形。大地は周囲を原始の海に囲まれている、と考えられていたので、「岸辺」の複数は地上世界の周

90 ティアマト配下の神々を滅ぼし、彼らの一部から人間を造られた方。
91 (36) ルガル・アブ・ドゥブル。[1]
ティアマトの業《わざ》を蹴散らした[2]王、［彼女の］武器を奪い取った方。
92 彼の基盤は、最初も後も、確かにされている。
93 (37) パガル・グ・エンナ。[3]
あらゆる主《しゅ》の第一人者、彼は力において卓越《たくえつ》し、
94 彼は兄弟たちのなかで最も偉大、彼らすべてのうちで最も高貴。
95 (38) ルガル・ドゥル・マハ。[4]
神々を結ぶ綱[5]である王、ドゥル・マフ[6]の主《しゅ》。
96 彼は王宮[7]で最も偉大、神々をはるかにしのぐ。
97 (39) アラ・ヌンナ。[8]
エアの助言者[9]、父祖たちである神々の創り手。
98 彼はその君主然とした歩みにおいて、いかなる神も肩を並べえない。
99 (40) ドゥム・ドゥク。[10]

ドゥクにてその聖［なる］住まいが新たにされる方。
100 ドゥム・ドゥク、彼なしにはルガル・ドゥク[11]も決定をくだせない。

囲を意味し、それが地上世界全体を表すようになった。ときに「四方の」「あらゆる」などとともに用いられ、全世界を意味する。「地上世界の創造者」「地上世界の光」「地上世界の裁き主」などの呼称は太陽神シャマシュをはじめ、マルドゥク以外の神々の呼称としても用いられた。

（1）^{d}Lugal.áb.dúbur. シュメル語で lugal は「王」、dúbur は「基礎、基盤」。áb については本書板89行の注（13）を参照。
（2）本書板49行参照。
（3）^{d}Pa$_4$.gal.gú.en.na. シュメル語で pa$_4$ は「兄弟」、gal は「偉大」、gú は「国」ないし「全体」、en は「主」。
（4）^{d}Lugal.dur.maḫ. シュメル語で lugal は「王」、dur.maḫ = *durmaḫu* は「巨綱」の意。第五書板59行の注（5）を参照。
（5）アッカド語 *markasu*「綱、紐」（<*rakāsu*「結ぶ」）。
（6）アッカド語 *durmaḫu*. 前々注を参照。
（7）字義どおりには「王権の住まい」。
（8）^{d}A.rá.nun.na. 前一千年紀のシュメル語の呪文に登場する神の呼称。a.rá は「歩み、道」、nun = *rubû*/*rubûtu* は「君主／君主による支配」。
（9）第二書板131行以下をふまえる。
（10）^{d}Dumu.du$_6$.kù. シュメル語で dumu は「息子」、du$_6$.kù は「聖なる丘」。バビロンのマルドゥク神殿内の玉座がおかれた聖殿。バビロンの新年祭では「聖なる丘」で「天命」が定められた。第六書板139行の注（1）を参照。
（11）ルガル・ドゥクは「聖なる丘の王」。ここではマルドゥクの父エアのこと。

101 (41)ルガル・シュ・アンナ[1]。
神々の間で、彼は力において卓越する王[2]。
102 主《しゅ》、抜きんでたアヌの力、アンシャルの選び[3]。
103 (42)イル・ウッガ[4]。
ティアマトの内部で[5]彼らすべてを掠奪《りゃくだつ》した方。
104 彼はあらゆる知識[6]を集め、知恵において広い方。
105 (43)イル・キングー[7]。
敵対する戦闘のなかで[8]キングーを掠奪した方、
106 あらゆる定めを指示し、主権を確立された方。
107 (44)キンマ[9]。
あらゆる神々の統治者、助言を与える方。
108 嵐に曝《さら》されたように[10]、神々は彼の名に畏《おそ》れおののく。
109 (45)エ・シスクル[11]。
祈りの家[12]で高く座を占められるように。

110 神々が彼の前に贈り物を届けるように、
111 彼が彼らの届け物を受け入れるまで。

（1）^{d}Lugal.šu.an.na. シュメル語で lugal は「王」、šu.an.na は「アヌの力（手）」を意味し、バビロンの別名（*BTT*, pp. 241f.）。
（2）すでに本書板93行に用いられた表現。
（3）「選び（*nibûtu*）」の原意は「名を呼ばれること」。
（4）^{d}Ir.ug_5.ga. シュメル語で ir は *šalālu*「掠奪する」を意味する。ug_5（異本 ug_7）は *šumūtu*「死なせる」か（AHw 635b, CAD M I 421b 参照）。
（5）「ティアマトの内部で」は被造世界において。マルドゥクはティアマトの屍体をもって世界を創造した。ただし、ランバートは「海で（in the Sea）」。
（6）「耳」が原意。第一書板97行の注（6）を参照。
（7）^{d}Ir.qin.gu. シュメル語 ir（= *šalālu*）は本書板103行に同じ。マルドゥクはキングー（Qingu）を制圧して、天命の書板を奪い取った（第四書板119行以下）。
（8）*a-a-bi-iš ta-ḫa-zi*（STT 11, 105）。ニネヴェ版にはこの部分は欠損、アッシュル版は *a-bi-iš ta-ḫa-zi. abiš* は誤記でなければ、意味不明（フォスター／ランバート：in the ... battle）。
（9）^{d}Kin.ma. シュメル語 kin は次に「統治者」と訳した *muma''ir*（<*wâru* / *ma'āru* D pt）に対応。
（10）「曝された」は翻訳上の補い。原文「嵐のように」。
（11）^{d}É.sískur. シュメル語で é は *bītu*「家、館」、sískur（= siskur.siskur）は *ikribu*「祈り」。続く *bīt ikribi*「祈りの家」に対応。ランバートはディンギル・エ・シスクル（dingir.é.sískur）と読む。
（12）*bīt ikribi*「祈りの家」。旧約聖書においても神殿は「祈りの家」と呼ばれる（イザヤ書五六章7節→マタイ福音書二一章13節）。

112 彼なしでは、誰も独創的な作品[1]を創りあげられない。
113 黒頭《くろあたま》たちの住む四方世界[2]は彼の作品、
114 彼を除き、いかなる神も彼ら[3]の日々の決まりを知りえない[4]。
115 （46）ギビル[5]。
抜きんでる[6]武器を固く造る方。
116 彼はティアマトとの戦いにおいて独創的な武器を造り出した[7]。
117 知識において広く、知恵に長《た》けた方[8]。
118 その心ははかり知れず[9]、すべての神々でも学びきれない。
119 （47）アッドゥ[10]。
それが彼の名となり、天界[11]を覆《おお》うように。
120 その心地よい音声《おんじょう》が地上に響き渡るように[12]。
121 雲から響く轟き[13]が満ち溢れ、
下界では、彼が人々に配慮を届けられるように。
122 （48）アシャール[14]。

彼はその名にふさわしく天命を定める神々を見守られた。(15)

（1）「独創的な作品」のアッカド語は *niklātu*（本書板116行「独創的な武器」）。第四書板136行、第六書板38行などに用例。動詞 *nukkulu*「優れものを造る／首尾よく仕上げる」は第一書板62行、第六書板9行ほか。
（2）「黒頭たち（＝人間）」については、第六書板107行の注（11）を参照。「四方世界」の原文「四」。
（3）「黒頭たち」、つまり人間。
（4）「知りえない」の「知る」には *iʾaddâ*（*i-ad-da* / *ia-a-ad* / *ia-ad-da*）という異例の活用形が用いられる（*iddâ* が通常）。
（5）^{d}BIL.GI. Gibil（gibil$_6$）と読む。火の神。^{d}GIŠ.BAR も火の神 Girra のこと。これら二神は同じ火の神として融合し、「武器」（次行）を造る冶金の保護神として崇拝された。アッカド語で *girru* と読まれ、「火」をも意味した。ランバートはここもギル（*girru*）と読む。
（6）「抜きんでる（もの）」は *aṣâtu*. *aṣītu*「突出するもの」（<(*w*)*aṣû*「出る」）の複数形。
（7）第四書板35-46行をふまえる。
（8）本書板104行に似る。
（9）字義どおりには「遠く」。
（10）^{d}Ad.du. 雷鳴とともに雨を降らせる嵐の神アダド（^{d}Adad）の別称。それがマルドゥクの属性とみなされる。本書板62行「灌漑管理者」の注（4）を参照。
（11）原文 *kiššat šamê*「天の全体／世界」。
（12）雷鳴のこと。乾燥地帯の西アジアでは、秋口の雷鳴は雨期の到来を告げる喜ばしいおとずれであった。前々注を参照。
（13）原文「雲の轟き」。*mummu*「轟き」は CDA M II 198b による。
（14）^{d}A-šá-ru. アッカド語動詞 *ašāru*「見守る」（次行）を念頭におく。
（15）第六書板143行に似る。

123 すべての人々をすべからく彼が監督してくださるように(1)。
124 (49) ネーベル(2)。
　天と地の交差するところ(3)を彼が監視されるように。
125 それら(4)が上と下で交差せず、彼を待つように。
126 ネーベルは(5)、彼が天に輝かせる彼の星、
127 彼が岐路《きろ》(6)をとらえ、それらが彼に注目するように。
128 そこで、彼がティアマトの内部(7)を休むことなく渡りゆき、
129 その名がネーベル(8)となるように、彼女の(9)内部をしかと摑んで。
130 彼が天の星々、それらの運行を確立させるように(10)。
131 彼があらゆる神々を、羊のように牧養《ぼくよう》するように。
132 彼がティアマトを縛り上げ、彼女の生命が狭く短くされるように(11)。
133 人々の後代まで、日々が過ぎゆくまで、
134 彼女は(12)抑《おさ》えられることなく立ち去り、永久に遠くあるがよい。
135 彼は天(13)を創り、冥界(14)を創《つく》ったがゆえに、

（1）別訳「扶養して」。

（2）ᵈNé-bé-ru. アッカド語で *nēberu* は木星。マルドゥクの星。本書板126行および第五書板6行とその注（7）を参照。

（3）「交差するところ」のアッカド語も *nēberu.* ここではその複数形（*nēberētu*）。天地が交差するところは地上世界の涯。

（4）「それら」は星々か。CAD U/W 403b.

（5）木星。

（6）アッカド語 *kunsaggû* はシュメル語 kun.sag(.gá) の借用語。アッカド語の用例はここ以外に知られていないが、このシュメル語はアッカド語で *mubru* とも読まれ、その場合、分岐点に建立された聖所のことらしい（CAD M II 177a-b）。また、シュメル語 kun.sag.kur.ra「冥界のクンサグ」は大地の涯にある天界から冥界が分岐する地点（「階段」？）を指すとみられる（*MCG*, p. 144）。こうしたことからフォスターは *kunsaggû* に「分岐点」を、ランバートは「天の階段」をあてる。

（7）本書板103行の注（5）を参照。

（8）ネーベル（*nēberu*）と2行前エベール（*ebēru*）「渡りゆき」が響きあう。

（9）原文「彼の」。三行後の132行などでも。

（10）第六書板91行とその注（6）を参照。

（11）物語においてティアマトはすでに撃破されてはいるが、『エヌマ・エリシュ』は新年祭ごとに朗誦され、マルドゥクによるティアマト撃破の一節は繰り返されたのである。

（12）ティアマト（CAD N II 187b）。動詞の三人称単数形は男女同形なので、「彼」と読めば、マルドゥク（ランバート）。

（13）原語 *ašru* は「場所」だが、「注解」に「天」と説明される（*áš-ru* = *šá-mu-ú*）。

（14）原語 *dannīnu.* これも「注解」に「地、冥界」と説明される（*dan-ni-nu* = ki-*tim*）。

136 (50)「国々の主《しゅ》」[1]、
彼の名を父祖エンリルはそう呼んだ。

137 イギギが彼に[2]名づけた称号のすべてを
138 エアは聞いて、思いは晴れやかになった。
139 「こうして、彼の父祖たちはその称号を称え、
140 彼の名が、私と同じく、エアであるように。[3]
141 わが執務《しつむ》[4]のきまりすべてを彼が差配《さはい》し、
142 あらゆるわが指示を彼が司《つかさど》るように」。

143 こうして、五十の称号をもって偉大な神々は、
144 マルドゥク[5]の名を呼び、その地位を至高のものとした。[6]
145 それらは受け継がれ、指導者[7]がそれらを示すように。
146 権力者と識者はそれらに関してともに相談し、

147 父は繰り返して、それらを息子に理解させ、[8]
148 牧羊者《ぼくようしゃ》と飼養者《しようしゃ》はそれらをよく理解するように。[9]
149 神々のなかのエンリル[10]であるマルドゥクを蔑《ないがし》ろにしてはならない。

（1）「国々の主」はアヌ、アッシュルなどの神々にも用いられたが、天空神アヌ、大地の神エアとともに三大神を形成するエンリルにとくに好まれた称号。エンリルが自分の称号をマルドゥクに与え、世界を支配する権限を授与したのである。後出149行ではマルドゥクが「神々のなかのエンリル」と呼ばれる。ちなみに、『エヌマ・エリシュ』において、エンリルがアヌやエアのような物語上の役割を果たすことはない。言及されるのは第四書板146行のみ。その注（1）を参照。

（2）「彼に」は翻訳上の補い。

（3）知恵の神のエアの属性がマルドゥクに授与されたのである。なお、ジックラトゥがそそり立つバビロンの聖域エ・テメン・アンキは、エンキ＝エアを都市神とする古くからの都市エリドゥと呼ばれた。

（4）原語 *parṣu*. 別訳「わが祭儀」。

（5）原文「彼」。

（6）以下148行まで、神々のみならず、地上でも、とくに支配者たちによって、マルドゥクの五十の名がしかと受け継がれるように、との希求文が続く。

（7）原語 *mahrû* はふつう「はじめのもの、前のもの」を意味する語。ここでは「前に立って」人々を導く者をいうのであろう（後出157行にも）。

（8）世代を超えて後世に伝え。

（9）「理解する」は「自分たちの耳を開く」が原意。「牧羊者」も「飼養者」も王や支配者の比喩。第六書板107行とその注（12）を参照。

（10）神々を治める第一人者の意。本書板136行の注（1）を参照。なお、「神々のなかのエンリル」という称号

150 その国が繁栄し、[1] 彼自身[2]が安寧《あんねい》であるように。
151 マルドゥク[3]の言葉は確か、彼の命令は変えられない。
152 その言辞[4]はいかなる神も変えることはできない。
153 彼が憤慨すれば、鎮まることはなく、[5]
154 激怒すれば、どんな神も面と立ち向かえない。
155 その心ははかり知れず、その思いは広く、[6]
156 彼の前では罪と不正が露わにされる。[7]
157 指導者[8]がマルドゥク[9]の前で語る指図[10]を
158 書きとめ、後世の者たちが聞きうるために安置した。
159 マルドゥクの天命[11]は、イギギの神々がこれを高めた。[12]
160 水が飲まれるところではどこでも、［彼の］名[13]を唱えるように。
161 こ［こに］ぞ、[14] マルドゥクの歌、
162 ティ［アマトを］縛り上げ、王権を奪い取った方の。
163 ［……］マル［ドゥクの］神殿［……］

164 ［……］バビロ［ン……］

は、アッシリアの主神アッシュルにも用いられた（SAA X 174.1 ほか）。

（1）本書板69行「繁茂させる」の自動詞形。
（2）地上の支配者。
（3）原文「彼」。
（4）「言辞」については第四書板9行の注（6）を参照。
（5）「鎮まる」の原意は「首を戻す」。
（6）前半は本書板118行前半に同じ。「広い」は異本では「寛大」（第六書板138行参照）。
（7）別訳「調べられる」。
（8）原語 *mahrû* は145行に同じ。ただし、「はじめ／前のもの」が原意なので、次行の「後世の者たち」と呼応しているとみれば、「最初の書板」もしくは「最初の作者」が念頭におかれているとも解しうる（CAD T 80b）。ただし、本作品の作者は不詳。
（9）原文「彼」。
（10）原語 *taklimtu*（第六書板142行の注（2）を参照）。ここでは、マルドゥクの五十の名号のことか。
（11）「マルドゥクの天命」は第六書板96行で偉大な神々により高められた。
（12）異本（スルタンテペ版）は「イギギの神々を創ったマルドゥクの［天］命」。
（13）異本（スルタンテペ版）は「彼らが」。
（14）異本（スルタンテペ版）はここに神ナンナル（⸢^{d}⸣šeš⸢ki⸣-[*m*]*a*）を記す。

解　説

一　ベロッソス『バビロニア誌』

バビロニアの「創世神話」について、ヨーロッパ・キリスト教圏の知識人たちは古くからある程度の知識を得ていた。というのも、ローマ時代のキリスト教史家エウセビオス（二六〇／二六五―三三九年）がその『年代記』において、アレクサンドロス・ポリュヒストール（前一世紀）の著作を引用するかたちで、バビロニア人ベロッソスの手になる『カルデア誌』（Chaldaica. Babyloniaca『バビロニア誌』とも）第一巻に記されたバビロニアの「創世神話」を以下のように紹介していたからである。

いまだすべてが暗黒と水であった時期、二対の翼と二つの顔をもつ人間をはじめとする「異形の生き物たち」（ζῷα τερατώδη）が生まれたが、これらすべてを支配するのはオモルカ

（Ομόρκα）という名の女であり、カルデア（バビロニア）語ではタラッタ（Θαλάτθ）、ギリシア語では「海」（θάλασσα）と解される。これらすべてが糾合して立ち上がったとき、ベロス（Βῆλος）が突撃して、かの女を二つに裂き、その半分で地を、もう半分で天を造り、ほかの生き物たちを滅ぼした。これは自然現象の偶喩として語られているといわれる。

湿気と水がすべてであり、怪物しか存在しなかったとき、かの神は自分の頭を切り取り、そこから流れる血をほかの神々は土と一緒にこねて、人間を形づくった。それゆえ、人間は賢明にして、神々のような洞察力をもつのである。

ベロスはギリシア語でゼウスにあたるといわれる。彼は暗黒を切り裂き、天と地を分離させ、世界を秩序づけた。しかし、怪物たちは光の威力に耐えられず、滅亡した。ベロスは、しかし、地が荒涼とし、しかも肥沃であることを見て、一柱の神に命じて、切り離した頭から流れ出る血を土と混ぜて人間を造らせた。光に耐えうる動物や獣も同様であった。また、ベロスは星と太陽と月と五つの惑星を完成させた。

以上は、ポリュヒストールによれば、ベロッソスがその書の第一巻で説明しているという[1]。

ベロッソスはバビロンのベロス神殿の神官であり、アンティオコス一世（在位、前二八一―二六一年）に『カルデア誌（Χαλδαϊα Ιστορία）』を献上した、と伝えられる[2]。『カルデア誌』全三巻自体は散逸してしまったが、その内容は主としてポリュヒストールをとおしてローマ世界に知られるようになった。右に紹介したバビロニアの「創世神話」はその第一巻に伝えられていたのである。ユダヤ人歴史家ヨセフスも、おそらくポリュヒストールをとおしてベロッソスの『カルデア誌』を知り、『アピオーンへの反論』においてベロッソスが伝えるバビロニアの洪水物語そのほかに言及している(3)。

ベロッソスがギリシア語で紹介したバビロニアの「創世神話」が何を典拠にしていたのか、ながらく知る由もなかった。それが『エヌマ・エリシュ』と呼ばれていたバビロニアの神話作品であったと判明するのは、一九世紀後半のことである。

一九世紀半ばから古代メソポタミアの諸遺跡で、まずは英・仏、遅れて独・米ほかの考古学調査団による発掘がはじまり、楔形文字を刻んだ石碑や粘土書板が次々と発見されていった。一九世紀後半には、楔形文字の解読が可能になり、古代メソポタミアの人々が残した神話や物語も知られるようになった。

そのような作品の一つが、冒頭の二語エヌマ（「……のときに」）とエリシュ（「上では」）をもって、当時すでに『エヌマ・エリシュ』と呼ばれていた「創世神話」であった。それによって、ベロッソスがベロスと紹介していた創造神はベールとも呼ばれたバビロニアの主神マルドゥクであったこと、ベロスがその身体を二つに裂いて、天と地とを創造したというタラッタは、マルドドゥクにより撃破され、屍体が天地創造の素材にされたティアマトであったこと、などが明らかになった。ティアマト（Tiamat）という名は「海」を意味するアッカド語ティアムトゥ（*tiamtu*）に由来する。「異形の生き物たち」とはティアマトの眷属とされた十一の怪物たち、人間を創造するときに血が流された神はティアマト側で軍を指揮したキングーのことであった[4]。

二　発見と研究略史

楔形文字で粘土書板に刻まれたバビロニアの創世神話が欧米世界に知られるようになったのは、すぐれた楔形文字研究者ジョージ・スミスが三六歳の若さでこの世を去った一八七六年に刊行された遺著『カルデアの創世記』によってであった[5]。彼は一八四〇年代末にアッシリアの主都ニネヴェの遺跡から出土し、大英博物館の所蔵となった夥しい数の粘土書板のなかに『エヌマ・エリシュ』の諸断片を発見し、聖書の天地創造物語を念頭におきながら、これらを翻訳してみせたのである。

これを機に欧米の研究者の間でバビロニアの創世神話への関心が高まり、英・独・仏を中心に研究が進んだ。一九〇一年にはL・W・キングが『エヌマ・エリシュ』に関連する大英博物館蔵の粘土書板を、手書きコピーで『大英博物館・楔形文字書板』シリーズ一三巻に発表し（CT

XIII）、その翌年、新たに発見した書板を加えて、この作品が七枚の書板から構成されていることを明らかにした。[6]

以後、ニネヴェ以外の遺跡からも『エヌマ・エリシュ』の書板と断片の出土や発見があり、本文の欠損部が補われていった。二〇世紀前半の代表的研究には、R・ラバト『バビロニアの創造神話詩』があげられよう。[7] 一九六〇年代からはW・G・ランバート（バーミンガム大学、一九二六―二〇一一年）が『エヌマ・エリシュ』研究に取り組み、一九六六年に若きS・B・パーカーの協力を得て、アッカド語本文を再構成した手書きの楔形文字版を刊行、[8] 一九九四年にはドイツ語で全訳を発表した。[9]

ランバートによる長年の研究成果は、彼の死後二年を経た二〇一三年、楔形文字書板の手書きコピー一八〇点余（内、三分の一余は関連文書）とともに、全六四〇頁にのぼる大著『バビロニアの創造神話』として刊行された。[10] 原稿はランバート自身の手で出版社に送られていたが、刊行はA・R・ジョージ（ロンドン大学教授）をはじめとする弟子たちの献身的な協力によって実現した。今後の『エヌマ・エリシュ』研究は、金字塔というべきこの大著が出発点となろう。本拙著もこの書に多くを負う。

三　書板と字体

楔形文字を刻む粘土書板は、初期シュメル時代のそれを別にすれば、表と裏の両面に左端から横書きで文字が刻まれる。文書は出納簿や書簡や契約証書などの日常生活の記録から神話や物語を記した広義の「文学書」まで多岐にわたるが、文学書には比較的大きな書板の表面と裏面が用いられ、両面とも二欄ないし三欄に分けられるのがふつうである。ところが、『エヌマ・エリシュ』を構成する七枚の書板の場合、表面にも裏面にも複数の欄が設けられることはない。したがって、書板は縦長の形態をとることになるが、その理由は定かではない。慎重な朗読が求められたためであろうか。あるいは、七枚という書板の数が重要視された可能性もありえようか(11)。

『エヌマ・エリシュ』を刻む粘土書板は、刻まれた字体の特徴（および出土地）によって「アッシリア版」と「バビロニア版」に分類される。ランバートによれば、アッシリア版は、書板の小断片を含めると、全八六点、そのうち、ニネヴェ出土が四六点を数える。アッシュル出土の書板と断片二五点のなかには、前一〇世紀に遡るものが七点知られるが、ニネヴェ出土の書板をはじめ、アッシリア版の大半は後期アッシリア時代（前八—七世紀）の写本である。

バビロニア版は小断片を含めると、九五点に上る。その大半は古物商を介して大英博物館などに納入されたものであり、多くは盗掘品であったろう。正規の発掘調査で出土した書板（断片）は、キシュやウルクの遺跡に限られ、わずか七点を数えるにすぎない。したがって、出土地不明の書板が大半を占める。また、これらのバビロニア版は、その字体から、ペルシア時代からヘレニズム期の写本と判断される。前一千年紀前半に遡るバビロニア版はいまだ発見されていない。

いずれの字体であっても、各行はほとんどが一致する。そもそも楔形文字書板の場合、基本的に、行ごとに意味のまとまりがあり、語句や単語の中途で行替えが行われることはない。『エヌマ・エリシュ』の場合は、それだけでなく、否定辞 *la* などのような一音節の小辞、*ina*「……において／……から／……によって」のような二音節の前置詞などを別にすれば、多くの行が四語から構成され、しかも、前半の二語と後半の二語とがまとまっている。じっさい、バビロニア版には、行の中央部分に空白をおく書板が少なくない。そこには『エヌマ・エリシュ』を朗読する際の「調べ」がふまえられていたはずである。また、讃歌や叙事詩に特有のアッカド語表現も散見する(12)。それは朗唱法と関連していたであろう。だが、アッカド語詩文の「調べ」については、いまだ詳しいことはわかっていない。また、こうした原文の特色は、本翻訳にはほとんど反映できていない。

四　成立年代

書簡や契約文書などとは異なり、神話や文学作品を刻む粘土書板は原本ではなく、すべて写本である。したがって、書板の年代が作品の成立年代を示すわけではない。例えば『ギルガメシュ叙事詩』の場合、古バビロニア時代からヘレニズム時代までの写本が知られ、じつに一五〇〇年をこえて読み継がれ、書き継がれ、ときに改訂もされた。では、『エヌマ・エリシュ』の場合はどうであったか。

『エヌマ・エリシュ』の最古の書板の年代は、前述したように、前一〇世紀に遡るアッシュル出土の七点である。しかし、バビロンの造営、バビロニアの主神マルドゥク讃美といった内容から、この神話がバビロニアで成立したことは疑われない。もっとも、バビロニアは、ハンムラビによるメソポタミア統一以前、都市バビロンを中心とする地方の一小国家であり、マルドゥクはその都市神にすぎなかった。バビロニアの主神マルドゥクが称揚されるのは、ハンムラビがメソポタミア全域を支配下におさめる前一八世紀中葉以降のことである。ハンムラビは『法典碑』の「まえがき」を次のようにはじめている。

アヌ神、崇高なる方、アヌンナクの神々の王、（および）エンリル神、天地の主、国の運命を定める方が、エア神の長子であるマルドゥクにあらゆる人々に対する至上権[13]を定め、イギグの神々のなかで彼を偉大な存在とし、バビロンをその崇高な名で呼び、四方世界でそれを最も優れたものとし、そのなかで、天地のようにその基礎が据えられた永遠の王権を彼のために確立したとき……。[14]

こうした記述に基づき、二〇世紀中ごろまでは、『エヌマ・エリシュ』の成立をハンムラビ王朝期とする見解がひろく支持されていた。[15] だが、この「まえがき」は、天空神アヌと中空神エンリルをマルドゥクの上位に位置づける。マルドゥクは彼らから人間を治める権限を付与されたのである。マルドゥクは「イギグの神々のなかで偉大な存在」として認められこそすれ、「神々の王」と呼ばれることはなかった。

時代ごとの資料に基づき、メソポタミアのパンテオンにおけるマルドゥクの地位を詳細に検討したランバートによれば、マルドゥクが公的に「神々の王」として称揚されるのは中期バビロニア（イシン第二王朝）時代、ネブカドレツァル一世（在位前一一二一―一一〇〇年）の治世であった。[16] そして、マルドゥクを「神々の王」として称える『エヌマ・エリシュ』は、それまでの至高の神々、わけてもエンリルの地位にマルドゥクを位置づけようとする「神学的な試み」であったという。

また、前一千年紀の書板で知られる神話や文学作品の多くには、それに先行する中期バビロニア・アッシリア版や古バビロニア版が発見されているが、『エヌマ・エリシュ』にはそうした先行版がいっさい存在しない。ランバートはさらに、『エヌマ・エリシュ』からの引用文も前一千年紀の書板に限られることを指摘し、『エヌマ・エリシュ』の成立年代に関する彼自身の説を補強する[17]。

このようなランバートの見解は、これを覆す新資料が発見されないかぎり、反論し難いように思われる。

五　新年祭

特定の祭儀において朗誦される神話を祭儀神話と呼ぶが、『エヌマ・エリシュ』の場合、セレウコス朝時代のアッカド語文書『バビロンの新年祭』によれば、バビロニアの主都バビロンにおける新年祭の第四日の夕に大祭司によって詠唱された[18]。

バビロンの新年祭はバビロニア暦の一月にあたるニサン月（現暦三／四月）の第一日から十二日間続いた。その一日ごとの祭儀の詳細は省かせていただくが[19]、七日目までは、バビロンの都市と市民への祝福祈願、エ・サギル神殿[20]の浄化、そしてバビロニア王の王権の更新が祭儀の主な主題であった。なかでも王権更新は、五日目、バビロニアの主神マルドゥク（文書ではベール「主」と表現される）のエ・サギル神殿で執り行われた。まずは、王権を象徴する王杖や王冠などがいったん王から取り上げられ、マルドゥクの神像の前におかれた後、王は祭司により頰を叩かれ、耳を引っ張られた。そのうえで王は、罪を犯さず、王としての義務を怠らなかったことをマルドゥクに誓わねばならなかった。誓いを聞いた祭司は、マルドゥクが王権を高め、敵を撃破させよう、との約束を王に告げ、いったん取り上げた王杖や王冠をふたたび授けたのである。最後に、王はふたたび頬を叩かれた。そして、涙が出れば、マルドゥクが王を受け入れた証拠、涙が出なければ、王に対してマルドゥクが怒っている徴《しるし》とされた。

地上の王権更新はこのようにして行われたが、それに先立つ四日目、「神々の王」マルドゥクを謳いあげる『エヌマ・エリシュ』が詠唱された。それによって世界秩序と天上世界におけるマルドゥクの王権が再確認され、翌五日目、「神々の王」マルドゥクの前でバビロニア王の地上の王権が再承認され、更新されたのである。

新年祭の後半には、神々による城外のアキトゥ神殿往還が行われた。バビロンに集まった神々は、八日目、ウブシュ・ウキン・アキに集い、[21]「聖なる丘」に座して「天命」を定めた後、行列をなしてアキトゥ神殿に赴いた（じっさいには神像が運ばれた）。そして、マルドゥクはアキトゥ神殿の玉座に着座する。この玉座はティアマトと呼ばれていることから、着座はマルドゥクによるティアマト撃破を象徴しただろう。[22]十一日目、マルドゥクは神々とともにエ・サギル神殿に戻り、ふたたび「聖なる丘」に座して「天命」を定めた。最終日の十二日目には、神々への贈物が供えられた。

バビロニアにおいては、このように、新年祭ごとに、バビロニアの主神マルドゥクによる世界秩序と天上の王権の確立とが確認され、そのマルドゥクから託された地上の王権が更新された。マルドゥクがティアマトを撃破し、天地を創造した後、バビロンが造営され、マルドゥクを「神々の王」と称える『エヌマ・エリシュ』は、そのようなバビロニア新年祭の神学的根拠として機能したのである。

このような新年祭は、前一千年紀、アッシリアに導入された。『エヌマ・エリシュ』のアッシリア版が数多く発見されていることには、すでにふれた。アッシリア王センナケリブ時代（在位前七〇四—六八一年）、ながらく執り行われていなかった新年祭のためにアキトゥ神殿が建立された。しかも、アッシリア主義が掲げられたこの時代、『エヌマ・エリシュ』の「神々の王」は、マルドゥクからアッシリアの主神アッシュルに、バビロンはアッシリアの主都アッシュルに変更されたのである。[23]

なお、バビロンのアキトゥ神殿における祭儀は、ニサン月の新年祭とは別に、バビロニア暦のティシュリ月（第七月）にも行われ、その八日目に『エヌマ・エリシュ』が詠唱されたことが判明している。[24]だが、その「アキトゥ祭」の詳細はわかっていない。[25]

六　「父親殺し」

原初の神々の系譜からはじまる『エヌマ・エリシュ』の最初の出来事といえば、エアによるアプスー殺害である（第一書板21―78行）。エアは、系譜上、アプスーから五代目に位置づけられるが、アプスーの「息子」とも呼ばれており、アプスー殺害は一種の「父親殺し」であるといってよい。「父親殺し」は、ギリシア神話によってひろく知られるが、メソポタミアでは『ドゥンヌの神統譜』と呼ばれる神話作品にそれは物語られる。(26)

この神話によれば、原初、ハラブ（「犂《すき》」(27)）と「大地」とが結婚し、「海」を造り、アマカンドゥ（^{d}AMA-kan-dù = Šakan, 家畜の神）を生む。ハラブはドゥンヌの町を建て、その支配を確立するが、アマカンドゥは母である「大地」と結ばれ、父親ハラブを殺害する。彼はさらに姉妹の「海」とも結婚し、ラハル（^{d}Laḫar）をもうけるが、今度はラハルが母である「海」と結ばれ、ラハルは父親を、「海」は自分の母「大地」を殺害し、王権を手にする。さらに、そのラハルもまた、姉妹である「川」と結婚した自分の息子に殺害されてしまう。その息子の名は、粘土書板の破損のために不明だが、息子は殺害した父親と母親の死者供養を行ったという。その後の経緯は、文書が欠損しており、詳らかではない。おそらく、同様の兄妹婚と親殺しが続き、そうした経緯を経て、最終的にドゥンヌの王権と秩序が確立されたのであろう。

この神話は新バビロニア時代の写本で今日に知られる。しかし、ドゥンヌは古バビロニア時代の文書に言及される南メソポタミアの都市であることから、神話伝承自体が古バビロニア時代に遡る可能性は否定できない。

このような「父親殺し」という神話モティーフは、フロイト流の深層心理学によっても説明されようが、メソポタミアの歴史においては、じっさいに父親を殺害して王権を奪う事例も知られている。中期アッシリアの王トゥクルティ・ニヌルタ一世（在位前一二四三―一二〇七）が息子のアッシュル・ナディン・アプリ（在位前一二〇六―一二〇三）に暗殺され、後者が王権を「奪取した」のは、その一例である。[28]

七　怪物退治

マルドゥクがティアマト率いる軍勢と戦いを交え、ティアマト軍の指揮官キングーを、十一の怪物ともども、撃破するくだりは、物語としての『エヌマ・エリシュ』の見せ場であろう（第四書板59‐132行）。もっとも、これに似た神話モティーフは複数の楔形文字資料にみることができる。そのなかで最もよく知られた作品が『アンズー神話』である。

神々の頂点に立つエンリル神は、山に住む獅子頭の怪鳥アンズー（Anzû）を自らの住まいの見張り番としたが、彼が清い水で身を洗っている間に、アンズーは神々や世界の秩序が刻まれた「天命の書板」を盗み出し、山に持ち去った。そのために、神々の世界に混乱が生じた。神々は

「天命の書板」を奪還すべく協議し、嵐の神アダド（Adad）に呼びかけるが、彼は尻込みする。火の神ギッラ（Girra）もイシュタル（シュメル神話のイナンナ）の息子とされるシャラ（Šara）も同様であった。そこで、知恵の神エアは「神々の母」マミ（Mami）を説得し、彼女の息子ニヌルタ（古バビロニア版ではニンギルス）にその任に当たらせた。

ニヌルタはアンズーとの戦いに出向くが、放つ弓矢は「天命の書板」を手にもつアンズーに当たらない。そこで、僕シャルウル（Šar'ur）をエアのもとに遣わすと、翼を狙え、との指示を授けられる。ニヌルタはエアの指示に従って翼を狙い、アンズーを射とめて、「天命の書版」を奪還し、これをエンリルのもとに返した。こうして世界の秩序は回復した。神々はニヌルタをほめ称え、彼に多くの称号を与えたという。

この神話には、出陣を要請された神々の尻込み、エアによる英雄神の選び、英雄神による敵の撃破、「天命の書板」の奪取、勝利した英雄神への称号付与など、物語モティーフにおいて『エヌマ・エリシュ』と共通する点が少なくない。『アンズー神話』は『エヌマ・エリシュ』が成立する以前、すでに前二千紀前半にはひろく流布した神話であったから、これらの物語モティーフを『エヌマ・エリシュ』は『アンズー神話』から得たものと思われる[29]。

戦闘神ニヌルタが怪物を撃破する別の神話も知られる。冒頭句を採って『ルガル・エ』（Lugal.e）（「王よ」の意）と呼ばれてきた、シュメル・アッカド両語で伝わる『ニヌルタの事績』がそれである。[30]「大地の肉を引き裂き、痛ましい傷で大地を覆う」山の怪物アサグ（Á.sàg）のことを知らされたニヌルタは、父神エンリルの支援を受けてアサグを撃破し、これを「石」に変えてしまった。だが、そのために、地下水が枯渇し、ティグリス河の水位も上がらず、作物は不作になり、神々は労苦を強いられた。そこでニヌルタは山に防壁を築き、ティグリス河に水を集めて、豊かな実りをもたらし、神々を喜ばせた。後半部には、アサグ側についた様々な「石」への呪いとニヌルタ側に立つ様々な「石」への祝福が長々と語られ、最後はニヌルタ讃辞で閉じられる。この神話は、怪物撃破に加えて、水の制御、豊かな大地の創造という点で『エヌマ・エリシュ』と響き合う。[31]

このほかに、ラブ（獅子）と呼ばれる巨大な獅子龍を退治する『ラブ神話』や、同じく巨大な蛇を退治する『大蛇神話』などを記す粘土書板も知られる。これらの神話は、書板の大半が欠損しているために、退治する英雄神も物語の全貌も不明だが、[32]英雄神が龍を攻撃する図像は、アンズーを攻撃するニヌルタの図像などとともに、円筒印章図などに残された（口絵参照）。

八　世界の起源

『エヌマ・エリシュ』はしばしば「バビロニアの創世神話」と呼ばれる。世界の起源を伝える神話は、これ以外にも、楔形文字資料に数多く伝えられている。それらはシュメル語、アッカド語、一行おきにシュメル語とアッカド語を並列する両語作品に分かれ、讃歌などの導入として物語られる神話伝承を含めるならば、作品の数は二十を下らない。これらについて、筆者は別のところで詳しく論じているので[33]、以下、個々の神話伝承の紹介は控え、世界の起源をめぐるメソポタミア神話全体にわたる特色を紹介するにとどめよう。

メソポタミアにおいては、言語を問わず、全世界は「天と地」と表現されるが、それらは神（々）によって創造されるとは限らない。天地が分離して、世界が造られてゆく神話もあれば、逆に、天の神と地の神とが交わることにより、世界が生成する神話もある。前者は、分離したドゥル・アン・キ「天地の結び目」において、地上に秩序を造り出す「鶴嘴《つるはし》」が生まれ、人間が生じた、と語られる（『鶴嘴讃歌』ほか）。ドゥル・アン・キは都市ニップルの神殿名でもあったから、元来、ニップルに伝えられたシュメル語神話であったろう。

後者の「天地交合」型は、天神アンと地の神キが交わることにより、地上に豊かな植生がもたらされる、と語られる。この種のシュメル語神話には、いうまでもなく、天からの降雨により大地が潤され、植物が繁茂する自然現象が天父と地母の生殖過程として物語化されている。このような神話観念は、古くはシュメル初期王朝期（前二三五〇年頃）の文書に「天・地（アン・キ）が呼び合った」という表現で伝えられ[34]、新しくは前一千年紀の「天が地と交わり、草木が増えたように」といった日常の言葉遣いにも反映された。

それに対して、天地創造型を代表する神話が『エヌマ・エリシュ』である。マルドゥクは撃破したティアマトの屍体をもって天地を創造する。ほかに、知恵の神エアがアプスーの上に都市エリドゥを建て、大地を据え、人間を創造したと語る、シュメル・アッカド両語で伝わる『エリドゥ創造譚』がある。この型の神話には、しばしば、アッカド語でバヌー（*banû*）という動詞が用いられる。本書では「創る」と訳したが（第五書板133行ほか）、もともと「建てる」という意味である（第四書板22行ほか）。このような用語法は、天地創造という神話観念が都市や家屋の建造を範型としていることを物語る。

九　人間創造

人類の起源に関するメソポタミアの神話には、自生（emersio）と創造（formatio）の二種類が認められる。『エリドゥ讃歌』によれば、人間は「植物のように大地を破り出てきた」のである。前掲の『鶴嘴讃歌』なども、人間はドゥル・アン・キから生じたと語られる。これら自生型の神話はシュメル語で伝わる。他方、人間は神（々）によって創られた、と物語る創造型は、シュメル語神話が二点、シュメル・アッカド両語の神話が一点知られ、『エヌマ・エリシュ』をはじめとするアッカド語神話は五点を数える。[35] 後者の創造型の神話はいずれも、次のような特徴を共有する。

第一に、多くの場合、神エンキ＝エアが人間創造に何らかの仕方で関わる。エアの指示を受け、アルル（Aruru）、マミ（Mami）などと呼ばれる母神が人間を創造することもあれば、『エヌマ・エリシュ』におけるように、エアが手ずから人間創造に携わることもある。エンキ＝エアは、洪水到来をひそかに人間に伝える洪水神話にみられるように、人間に寄り添う知恵の神であった。

第二に、人間は粘土を素材として形づくられる。その際、特定の神が殺され、その血をもって粘土がこねられることがある。人間には神的要素が添えられているというのであろう。ただし、殺される神は一定ではない。シュメル・アッカド両語で記される『人間の創造』では、アッラ（^{d}ALLA）と呼ばれる複数の神が殺されるが、アッラが選ばれた理由は詳らかにされない。[36]『アトラム・ハシース』では、殺される神は「理解力（*ṭēmu*）のある」と形容されるウェ・イラ（^{d}Wê-ila）である。人間には「理解力」が与えられた、と解されようか。

『エヌマ・エリシュ』の場合、人間はマルドゥクに撃破された敵側の指揮官キングーの血で創造される（第六書板31―34行）。主神マルドゥクに敵対する側の首領の血が人間には流れている、と物語られる。ここに素材として粘土への言及はないが、自明の前提とされているのであろう。[37] そこに象徴的意味が籠められているとすれば、「反抗的」ともいうべき人間性が洞察されているのであろうか[38]。

第三に、創造型神話では、ほぼ異口同音に、神々が人間を創造した目的は神々の労役を肩代わりさせるためであった、と語られる。人間は、生産活動、食料供給、運河の管理、神殿建立などに関わる労役を神々に代わって担うために創造された、というのである。ここには、灌漑農耕を生産基盤とした都市社会に生きる人間は、神々に仕え、神々を扶養する義務を負う、という古代メソポタミアの人間観をうかがうことができるだろう。

一〇　旧約聖書と『エヌマ・エリシュ』

旧約聖書の第一書、創世記の劈頭には、唯一の神が言葉をもって天地万物を創造し、七日で完成する物語がおかれている。この天地創造物語は、前六世紀、バビロニアに捕囚民とされていたイスラエルの民の間で成立したといわれる。だが、当時のバビロニアで知られていた創世神話『エヌマ・エリシュ』とはおよそ無縁であるようにみえる。『エヌマ・エリシュ』では、バビロニアの主神マルドゥクが撃破したティアマトの屍体を素材にして天地を造ってゆくが、旧約聖書の天地創造物語に神々の抗争は物語られず、後代、「無からの創造」と神学化されるように、創造の際の素材に言及することもない。

ところが、旧約聖書には、この物語のほかにも、天地創造に言及する記事が散見する。そこには、神が「海（ヤム）」や「龍（タンニーン）」を、ラハブやレビヤタンと呼ばれる海の怪物を撃ち砕いて、世界を創造する神話の痕跡が顔をのぞかせる。例えば詩篇には神による創造が次のように称えられる。[39]

あなたはみ力をもって海を引き裂き、
水の上で龍どもの頭を砕かれました。
あなたはレビヤタンの頭を粉砕されました、
これを砂漠の民の餌として引き渡すために。
あなたは川と泉を切り開かれました。
あなたは尽きない河を涸らされました。
昼はあなたのもの、夜もまたあなたのもの。
あなたは輝くものと太陽を備えられました。
あなたは地の境をことごとく定められ、
夏と冬、これもあなたが造られました。

（詩篇七四篇12–17節）

あなたこそ荒ぶる海を支配される方、
波が逆巻けば、これを静められます。
あなたはラハブを撃ち砕いて刺し貫かれたものとし、
力あるみ腕をもってあなたの敵を散らされました。
天はあなたのもの、地もまたあなたのもの。
世界とそこに満ちるものは、
あなたがそれらの基を据えられました。

(詩篇八九篇10–12節)

これらの箇所に『エヌマ・エリシュ』との直接的な関連を認めるべきかどうかは別にしても、古代イスラエルの民間に、神が海の怪物を撃破して、天地を創造し、世界に秩序をもたらした、という神話観念が流布していたことを疑うことはできないだろう。「海」については、東地中海岸の都市国家ウガリトで発見された前一三世紀の文書のなかに、神バアルがヤム(「海」の意)を撃破する神話が残されている。右の詩篇の引用にある「海」にも、同様の神話観念が揺曳する。こうした事実は、創世記の天地創造物語が『エヌマ・エリシュ』と無縁であるのではなく、逆に、そのような神話を意識したうえで、まとめあげられたことを思わせよう。じじつ、そのことは物語の冒頭にみてとれる。

物語は、神が光を創造する第一日に先立ち、「地は混沌として、闇が深淵の面にあり、神の霊が水の面を動いていた」と記される（創世記一章2節）[40]。ここで「深淵」と訳されるヘブライ語テホーム（*tᵉhôm*）は原初の海であり、地下深くに横たわる大洋と理解されていた[41]。洪水物語では、上は「天の窓」が開かれ、下は「深淵（テホーム）の源」が裂けたといわれる[42]。このテホームという単語は、「海」を表すアッカド語のティアムトゥ（*tiamtu*）と同一のセム語であり[43]、『エヌマ・エリシュ』においてマルドゥクに撃破されるティアマトはそれを神格化した原初の女神であった。つまり、創造以前の「深淵」には、バビロニア神話のティアマトが暗示されているといってよい。加えて、「神の霊が水の面を動いていた」という訳文は、「神の霊がその水面にはたらきかけていた」ことを示す[44]。

こうした理解が間違っていなければ、創世記一章の天地創造記事は、唯一神信仰のもとで、『エヌマ・エリシュ』の天地創造物語を完全に非神話化している、といってよい。マルドゥクがティアマトを撃破し、その屍体をもって天地を創造する物語は、唯一の神が暗黒に覆われたテホーム「深淵」の上に「光」にはじまる森羅万象からなる秩序世界を言葉によって生ぜしめる物語へと換骨奪胎されたのである。創世記の天地創造物語では、メソポタミアの神話に登場し、古代イスラエルにも流布していた、撃破される巨大な「龍」が、神の被造物として位置づけられていることも指摘しておこう[45]。

人間の創造に関しては、神の唯一性を前提にする創世記が「神の血」と無縁であることはいうまでもないが、粘土を素材にする点において、創世記の記述は『エヌマ・エリシュ』を含むメソポタミアの人間創造神話と共通する。(46) ところが、人間を創造する目的は対照的である。メソポタミア神話にみる人間創造の目的は、すでに述べたように、神々の労役を肩代わりさせることにあった。それに対して、創世記一章の人間創造の目的は「地を支配し、生き物を治める」ことに、創世記二章では「大地に仕える」ことにおかれている。(47)

なお、このほか、『エヌマ・エリシュ』みられる、旧約聖書と共通する観念や表現については、筆者の気づくかぎり、当該箇所に訳注を付したので、そちらを参照していただきたい。

---

(1) このように記すエウセビオス『年代記』のギリシア語原典は今に伝えられていない。エウセビオスによるこのような紹介は、アルメニア語訳として伝わるエウセビオス『年代記』のJ・カルストの独訳およびゲオルギオス・スュンケロスによる同『年代記』の復元に基づく（P. Schnabel, *Berossos und die babyl.-hellenistische Literatur*, Berlin 1923, S. 254f.）。

(2) マウレタニアのユバ二世（前二五—後二三）による（P. Schnabel, *op. cit.*, S. 5.）。

(3) ヨセフス（秦剛平訳）『アピオーンへの反論』（山本書店、一九七七年）、八五—八六頁。

(4) ベロッソスは「創世神話」に先立って、オアンネスに関する次のような神話記事を伝えていた。原初の最初の年、「紅海」（ここではペルシア湾）から、頭と足は人間で、身体は魚の姿をしたオアンネス（Ὠάννης）という名の「怪物」（ζῷος ἄφρενος）が現れ、昼間は人間と過ごし、人間に文字、知識、技芸、都市と神殿の造営法、測量、農耕などを教えた、と。このままの神話は楔形文字資料には知られていないが、アプカル（apkallu）と呼ばれる、なにほどか神格化された七賢者の第一者にウ・アンナ（U$_4$-^{d}Anna）という名が伝えられている。詳しくはRlA, Bd. 10, S.1-3参照。

（5）G. Smith, *The Chaldean Account of Genesis*, London, 1876.

（6）L. W. King, *The Seven Tablets od Creation I/II*, London, 1902.

（7）R. Labat, *Le poème babylonien de la création*, Paris, 1935. それ以後の主な翻訳は A. Heidel, *The Babylonian Genesis*, Chicago,1942 (2nd ed., 1951); E. A. Speiser / A. K. Grayson, "The Creation Epic," in *ANET*^{3}, pp. 60-72; R. Labat, "Le Poème babylonien de la Création," R. Labat et al., *Les religions du Proche-Orient asiatique*, Paris, 1970; J. Bottéro, "L'Enûma eliš, ou l'Épopée de la Création," J. Bottéro / S. N. Kramer, *Lorsque les dieux faisaient l'homme: Mythologie Mésopotamienne*, Paris, 1989, pp. 602-679; S. Dalley, "The Epic of Creation," S. Dalley, *Myths from Mesopotamia*, Oxford, 1989, pp. 228-277; W. G. Lambert, "Enuma Elish," TUAT III/4 (1994), pp. 565-602; B. R. Foster, "Epic of Creation," B. R. Foster, *Before the Muses*, Bethesda, 2005, pp. 436-486 など。日本語では後藤光一郎訳「エヌマ・エリシュ」、杉勇編『筑摩世界文学大系1 古代オリエント集』（筑摩書房、一九七八年）、後藤光一郎『宗教と風土』（リトン、一九九三年）、一〇七—一五七頁に再録。

（8）W. G. Lambert / S. B. Parker, *Enuma Eliš: The Babylonian Epic of Creation, The Cuneiform Text*, Oxford, 1966. 筆者は学生時代、同じ研究室の先輩、長野泰彦氏（現、国立民俗学博物館・総合研究大学院大学名誉教授）からこの書をいただいた。

（9）Enuma Elisch, TUAT III/4, S. 565-602.

（10）*BCM* (W. G. Lambert, *Babylonian Creation Myths*, Eisenbrauns, 2013).

（11）「七柱の神」「七賢者」「邪悪な七霊」など「七」がひとまとまりとされる。葬送儀礼をはじめ、宗教儀礼や治癒儀礼なども七日間を単位とすることが少なくない。

（12）讃歌や叙事詩に特有のアッカド語表現や語形はフォン・ゾーデンが詳しく論じた。W. von Soden, Der hymnisch-epische Dialekt des Akkadischen, ZA 40 (1931), S. 163-227, ZA 41 (1932), S. 90-183.

（13）原語 *enlilūtu*(*m*) は天空神アヌと並んで至高神と崇められるエンリル（Enlil）の抽象名詞。「エンリル権」とも。

（14）中田一郎『ハンムラビ「法典」』（リトン、一九九九年）、二一―二三頁。

（15）前掲注（7）に掲げたHeidel, Speiser, Rabatなど。W・フォン・ゾーデンも、讃歌や叙事詩に特有の言語表現という観点から、『エヌマ・エリシュ』の成立を古バビロニア時代と想定した（W. von Soden, Der hymnisch-epische Dialekt des Akkadischen, ZA 41 [1932], S. 129）。

（16）W. G. Lambert, *BCM*., pp. 248-275, 439-444. ネブカドレツァル一世は、東の仇敵エラムを撃破し、先王の時代にエラムに持ち去られていたマルドゥクの神像を奪い返した。彼はこの出来事を、彼の嘆願を聞き届けたマルドゥクが先王の時代に対する怒りを解いて、バビロンのエ・サギル神殿に顔を向けてくださった、とその碑文に謳いあげる（RIMB 2: Nebuchadnezzar I. Nos. 8-9）。

（17）W. G. Lambert, *BCM*., pp. 248-275, 439-444.

（18）F. Thureau-Dangin, *Rituels accadiens*, Paris, 1921 [repr. Osnabrück, 1975], pp. 127-154. 邦訳は後藤光一郎「バビロンの新年祭」、杉勇編訳『古代オリエント集』筑摩世界文学大系1、筑摩書房、一九七八年、一九七頁以下。

（19）関連文書を加味した新年祭十二日間の祭儀についてはM. E. Cohen, *The Cultic Calendars of the Ancient Near East*, Bethesda, 1993, pp. 437-450,『神話と儀礼』一一五頁以下など参照。

（20）エ・サギル神殿については『エヌマ・エリシュ』第六書板62行とその注（3）を参照。

（21）第六章板162行の注（11）参照。

（22）W. G. Lambert, The Great Battle of the Mesopotamian Religious Year: The Conflict in the Akitu House, Iraq 25 (1963), p. 190.

(23)『エヌマ・エリシュ』第五書板48行および129行の注を参照。

(24) S. Parpola, *Letters from Assyrian Scholars to the Kings Esarhaddon and Assurbanipal,* Part II, AOAT 5/2 (1983), p. 186.

(25) アキトゥ神殿で行われる「アキトゥ祭」はシュメル時代に遡り、ウル、ウルク、ニップルなどでも行われていた。M・E・コーエンによれば、ウルの「アキトゥ祭」が最も古く、元来、春分と秋分の日を祝う祭りであったろうという。M. E. Cohen, *op. cit.*, pp. 400-437.

(26) CT 46, 43. ドゥンヌ（Dunnu）はバビロニアの都市。この文書はW. G. Lambert / P. Walcot, A New Babylonian Theogony and Hesiod, Kadomos 14 (1965), pp. 64-72に発表された。『神話と儀礼』二二頁参照。

(27) ランバートは、ハラブ（^{d}Ḫa-rab）をハイン（^{d}Ḫa-in）と読むことを提唱する（*BCM*, p. 391）。ただし、ハインという神はほかに知られてはいない。

(28) トゥクルティ・ニヌルタは息子アッシュル・ナツィル・アプリとアッシリアの高官たちに殺害された、と『年代記P』は伝え（Chronicle P iv 10-11. ABC, p. 176）、それを示唆するアッシリアの王名表も知られる。その一方で、トゥクルティ・ニヌルタ王位はアッシュル・ナディン・アプリが継ぎ、彼がトゥクルティ・ニヌルタの王位を「奪取した」と伝えるアッシリアの王名表も存在する。そこでトゥクルティ・ニヌルタには二人の息子がいた、との想定もなされたが、『年代記P』ほかのアッシュル・ナツィル・アプリはアッシュル・ナディン・アプリの誤解であった可能性の高いことが山田重郎氏によって論証された（NABU 1998/1-23）。

(29) この点はS. Wisnom, *Weapons of Words: Intertexual Copmpetition in Babylonian Poetry*, CHAN 106, Leiden: Brill, 2020, pp. 66-104に詳しい。

(30) テクストはJ. van Dijk, LUGAL UD ME.LÁM-bi NIR.ĜÁL: *Le recit épique et didactique des Travaux de Ninurta, du Déluge et de la Nouvelle Création*, Leiden: Brill, 1983.

(31)『ルガル・エ』と『エヌマ・エリシュ』の関連性はS.

Wisnom, *op. cit.* pp. 131-157 に詳しい。『エヌマ・エリシュ』における水の制御は第五書板53−58行参照。マルドゥクが豊かな大地を創造した、という直接的記述は『エヌマ・エリシュ』にはみられないが、五十の名号には、マルドゥクが豊穣をもたらす神であることが示される（第七書版1−2、8、59−69行ほか）。ウル出土の神話文書（UET VI 398）には、断片的ながら、荒野を緑化して、作物の神ウラシュを喜ばせるマルドクが描かれる（*BCM*. pp. 111-115）

（32）『ラブ神話』と『大蛇神話』を、ランバートは『エヌマ・エリシュ』の関連神話として *BCM*. pp. 361-365, 384-386 に翻字と翻訳を掲げる。

（33）拙著「古代メソポタミアの創成神話」、拙編『創成神話の研究』（リトン、一九九六年）一一―六六頁。『神話と儀礼』三一―四二頁に再録。

（34）『神話と儀礼』四―五頁。

（35）シュメル語神話は『エンキとニンマハ』『人間の創造』、シュメル・アッカド両語は『エリドゥ創造譚』、アッカド語神話は『エヌマ・エリシュ』『アトラム・ハシース』『生き物の創造』『エアによる創造譚』『人間と王の創造』である。個々の内容などは拙著『神話と儀礼』七頁以下を参照。

（36）この神話はアッシュル出土 KAR 4 が主要本文であるが、ニネヴェ出土の断片ほかがこれに加わり、古バビロニア時代に遡る写本も一点知られる。*BCM*. pp. 350-360.

（37）『エヌマ・エリシュ』を下敷きにしたベロッソスの記述を、ポリュヒストールを介して紹介したエウセビオスは、冒頭に引用したように、人間は一柱の神の血を土に混ぜて造られた、と伝えている。

（38）G・ペッティナートは、シュメル語神話の肯定的人間観に対して、このようなアッカド語の人間創造神話に悲観的人間観を読み取る（G. Pettinato, *Das altorientalische Menschenbild und die sumerischen und akkadischen Schöpfungsmythen*, Heidelberg 1971, S. 47）。だが、その解釈は単純にすぎる。『アトラム・ハシース』の「理解力（ṭēmu）」に関する彼の解釈にも無理がある（『神話と儀礼』三二頁参照）。

（39）ほかに、詩篇一〇四篇5−9節、ヨブ記二六章7−13節など。イザヤ書五一章9−10節はそのような神話を出エジプトの際の海の奇蹟と結びつける。
(40) 協会共同訳聖書。新共同訳聖書もほぼ同じ。
(41) ヨブ記三八章16節、箴言八章26-29節など参照。
(42) 創世記七章11節。
(43) tiamtu (<tihāmat). アッカド語女性名詞語尾のt音はヘブライ語では脱落する。
(44)「動いていた」と訳されるヘブライ語メラヘフェトは、動詞ラーハフ「震える」の強意語幹リヘーフ「揺り動かす」の分詞形であり、「神の霊」がテホームに作用を及ぼしたことを表す。「神の霊」が創造に関わることは、イザヤ書四〇章13節、詩篇三三篇6節、一〇四篇30節などに示唆される。
(45) 創世記一章21節。ヘブライ語はタンニニーム、前述「龍（タンニーン）」の複数形。協会共同訳「大きな海の怪獣」、新共同訳「大きな怪物」。
(46) 創世記二章7節「(主なる神は) 大地の塵で人を形づくり、その鼻に命の息を吹き込まれた」。「大地の塵」は粒子の細かい粘土のこと。
(47) 創世記一章28節では、創造された人間男女に「産めよ、増えよ、地に満ちて、これを従わせよ。海の魚、空の鳥、地を這うあらゆる生き物を治めよ」と告げられる。同二章によれば、当初、神が雨を降らせず、「地を耕す」人間が存在しなかったために、地は荒涼としていた。そこで神は人間を「大地の塵」で形づくったという (5-7節)。現行翻訳聖書がここで「地を耕す」と訳す原文は「地に仕える」という意味を含む。この点に関しては、旧約聖書翻訳委員会訳『創世記』(岩波書店、一九九七年) の二章7節の訳注を、より詳しくは同委員会編『聖書を読む 旧約篇』(岩波書店、二〇〇五年) 七―八頁を参照されたい。

月本昭男

1948年生まれ. 専攻, 旧約聖書学, 古代オリエント学, 宗教史学. 東京大学大学院博士課程中退. チュービンゲン大学にてDr.Phil. 取得. 現在, 立教大学名誉教授, 上智大学名誉教授, 古代オリエント博物館館長.
著書,『古代メソポタミアにおける死者供養の研究』(ドイツ語版, 1985),『創世記注解 1』(日本キリスト教団出版局, 96),『創成神話の研究』(編著, リトン, 96),『ギルガメシュ叙事詩』(編訳, 岩波書店, 96),『創世記』旧約聖書Ⅰ (原典翻訳, 岩波書店, 97),『ルツ記 雅歌 コーヘレト書 哀歌 エステル記』旧約聖書XIII (原典共訳, 岩波書店, 98),『エゼキエル書』旧約聖書IX (原典翻訳, 岩波書店, 99),『歴史と時間』歴史を問う 2 (編著, 岩波書店, 2002),『詩篇の思想と信仰 (I-VI)』(新教出版社、2003-20),『古典としての旧約聖書』(聖公会出版, 2008),『古代メソポタミアの神話と儀礼』(岩波書店, 2010),『水墨 創世記』(共著・司修, 岩波書店, 2011),『旧約聖書に見るユーモアとアイロニー』(教文館, 2014),『この世界の成り立ちについて——太古の文書を読む』(ぷねうま舎, 2014),『宗教の誕生』(編著, 山川出版社、2017),『物語としての旧約聖書』上下 (NHK出版、2018),『新装版 ギルガメシュ王の物語』(共著・司修, ぷねうま舎, 2019),『共同体の規則・終末規定』死海文書Ⅰ (原典共訳, ぷねうま舎, 2020),『聖書釈義』死海文書III (原典共訳, ぷねうま舎, 2021),『見えない神を信ずる』(日本キリスト教団出版局, 2022) ほか.

バビロニア創世叙事詩 エヌマ・エリシュ

2022年12月23日 第1刷発行

訳 者 月本昭男《つきもとあきお》

発行者 中川和夫

発行所 株式会社 ぷねうま舎
〒162-0805 東京都新宿区矢来町122 第二矢来ビル3F
電話 03-5228-5842 ファックス 03-5228-5843
http://www.pneumasha.com

印刷・製本 中央精版印刷株式会社

ISBN 978-4-910154-39-8 Printed in Japan

時間と死 ――不在と無のあいだで――
中島義道
四六判・二一〇頁 本体二三〇〇円

虹と空の存在論
飯田 隆
四六判・二四〇頁 本体二三〇〇円

味わいの現象学 ――知覚経験のマルチモダリティ――
村田純一
四六判・三四〇頁 本体三四〇〇円

遺稿焼却問題 ――哲学日記 2014-2021――
永井 均
四六判・二六〇頁 本体一八〇〇円

独自成類的人間 ――哲学日記 2014-2021――
永井 均
四六判・二八〇頁 本体一八〇〇円

跳訳 道元 ――仏説微塵経で読む正法眼蔵――
齋藤嘉文
四六判・二四八頁 本体二五〇〇円

ナツェラットの男
山浦玄嗣
四六判・三二二頁 本体二三〇〇円

ヨレハ記 旧約聖書物語
小川国夫
四六判・六二四頁 本体五六〇〇円

イシュア記 新約聖書物語
小川国夫
四六判・五五四頁 本体五六〇〇円

ぷねうま舎

表示の本体価格に消費税が加算されます
2022年12月現在